JN306883

新 潮 文 庫

血の騒ぎを聴け

宮 本　輝 著

新 潮 社 版

7439

目次

Ⅳ 自作を語る

血の騒ぎを聴け

血の騒ぎを静かに聴け

小説を書きたくて、もう書かずにはいられなくて、血が騒いで騒いで、おさまりがつかないという時代があった。

その逆の時代もあった。

どうもそれには一定の周期があるようだが、いずれにしても、血が騒いでいるときのほうがいい。

自分の血の騒ぎに巻き込まれるのではなく、それを静かに聴いていられたら、もっといいのに、と思う。

1998.7

Ⅰ　日々の味わい

よっつの春

遠足

大阪のキタの盛り場のど真ん中にある曾根崎《そねざき》小学校に、私は三年生まで通った。クラスに〈シラミ〉というあだ名で呼ばれている女の子がいた。汚ないなりをした暗い目つきの子供で、どこかの橋の下に住んでいると噂《うわさ》されていた。

遠足の日が近づいてくると、私はきまって「ああ、またあの子は一緒に行けないのだなァ」と思った。うきうきした気持のどこかで、自分たちにとって楽しいことが、逆に苦痛となる人がいることを知って、何となく不機嫌な気分になったりしたものである。その子の遠足費を、みんなで出し合ったらどうかと考えたりもしたが、口には出せなかった。

ある遠足の日、校庭に集合すると、赤い水筒をさげたその子の姿があった。私は嬉《うれ》しくて、ひとりでむやみにはしゃぎまわったが、女の子はいつもよりもっと暗い顔つきで、自分の足元ばかり見つめていた。

その日は阪急電車に乗って六甲山に行った。私のリュックには、金貨を模したチョコレートがいっぱい入っていた。ハイキングコースを歩きながら、私は何度もその子の表情をうかがった。少しも楽しそうではなかった。私はチョコレートを持って近づいて行き、ずいぶん躊躇《ちゅうちょ》したあげく、こう言った。

「おいシラミ、金をやろか」

照れ臭さが、私にそのようなひどい言い方をさせたのだった。それから掌《てのひら》の中の金貨型のチョコレートを、女の子に向かって投げつけたのである。すぐに私は自分の言葉の意味を悟り、口をとがらせて、仲間のいるところに駈《か》けていった。それから数日間、私は何をやっても楽しくなかった。

カメラ

会社勤めを辞めて、売れない小説を書きつづけていた五年ほど前の春、私は妻と一緒に宝塚にある遊園地に行った。

妻は、メリー・ゴーラウンドや、ジェット・コースターなどが好きで、無精髭《ぶしょうひげ》を生やしたまま薄暗い三畳の間で原稿用紙にむかっている私の気を晴らそうと、むりやり誘ってくれたのだった。

そのころの私は、何をやっても楽しくなかった。ただ、いい小説を書いて、作家として世に認められることしか念頭になかった。

一緒に乗ろうと誘われたが、私はひとりベンチに腰かけて、妻がジェット・コースターから降りてくるのを待っていた。目の前にいた三歳ぐらいの可愛《かわい》らしい女の子と目が合ったので、私は軽く笑いかけた。女の子も笑い返してきた。私は何の気なしに、持っていた小さなカメラをかまえて、撮る真似《まね》をした。カメラにはフィルムは入っていなかった。わざわざ持ってきたのに、フィルムを買うと、帰りの電車賃が足りなくなりそうだったからである。女の子がしきりにポーズをとるので、私もつられて、空《から》のカメラのシャッターを何度も押した。

ジェット・コースターを降りた妻と別の場所に移りかけたとき、子供の母親らしい女性が追いかけて来て、いま写してくれた写真を送ってもらえないかと頼まれた。とても丁寧な態度で、住所を書いた紙きれと千円札を手渡された。

そのとき私はなぜ、カメラにはフィルムが入っていないのだと正直に言えなかったのだろう。お金は写真が届いてからでいいから、そう言って、私は住所の記された紙きれを自分のポケットにねじ込み、足早にその場から逃げて行った。

土筆《つくし》

太陽の光が、人間の体にどれほど影響を及ぼしているのかという事実を、私は病気にかかって初めて痛切に知った。

昨年、約四ヵ月間、結核で入院したが、とにかく安静第一ということで、私は最初の二、三ヵ月間、病室にとじこもってただ眠ってばかりいた。

窓から、病院の中庭にある大きな藤棚《ふじだな》が見え、茶褐色の枯れ枝みたいな藤づるから、小さな芽が出始めたのに気づいたとき、チクショウ、春が来やがったと思った。なぜチクショウなのか、うまく説明できないけれども、私は、チクショウ、チクショウとつぶやきながら、数ヵ月ぶりに戸外に出た。

ガウンをぬぎ、パジャマ一枚になって、春の陽光の中を歩きまわった。病院の塀のところに幅一メートルばかりの用水路があり、その土手に名前のわからない花がたくさん咲きかけていた。太陽をあびていると、頭がくらくらしてきて、目にいっぱい涙がにじんできた。おてんとさまが、いやに体にこたえるのである。同病の患者が二階の窓から言った。

「あんまり直射日光に当たってると、熱が出るよォ」

私は片手をあげ、うんうんと頷《うなず》いて、用水路の上を跳んだ。跳び越えて着地するとき足をくじいて尻《しり》もちをついた。病室のベッドに戻ってからも、いつまでも頭がくらくらし、息が弾んで仕方なかった。

私はしばらくウトウト眠ったが、用水路のあたりから聞こえてくる子供の声で目が覚めた。

「あっ、つくしがつぶれてる」

「誰かが踏みよったんや」

瞬間、私のしわざで踏みつぶされてしまったつくしの姿が目に浮かんだ。つくしがつぶれてる、つくしがつぶれてる、と夢うつつの中で、誰か聞いたことのある声がいつまでも叫んでいた。

桜

幹の周りが三丈八尺、枝の拡《ひろ》がりが約二反歩という樹齢千二百年の桜の巨木が、美《み》濃《の》の山奥にあると聞いて、一種静まりかえるような感動にひたったことがある。

宇野千代さんの『薄墨の桜』の事実上の主人公でもある老木なのだが、私はつい最近まで、その姿を想像してみるだけで、実際にはおろか、写真でさえも見たことはなかった。それがテレビを観《み》ていて、ある出版社のコマーシャルの中に突然登場した。あっと思ううちに消えてしまい、私はしばらくぽかんとして、心の中に残った咲き狂う桜の姿を思い起こそうとした。しかし瞬間にせよ、その桜のありさまを目にしたことで、それまでずっと胸の内に抱いてきたある感懐が、はっきりした映像となって昂《たか》まってくる思いにかられた。

それは、その巨大な桜の老木の、花や葉をちりばめる前の姿である。そんじょそこいらの、ちんぴら桜が、秋霜《しゅうそう》や冬の風にうたれているさまではない。千二百年も生き抜いてきた、とてつもない凄《すご》いさむらいの、花を内に隠し持って、風雪の中にたたずんでいる、その静寂と荘厳《そうごん》につつまれた姿である。

私は、その桜のことを耳にしたとき、簡単に言ってしまえば、つまりはそういう人間を小説の中で書いてみたいと思ったのである。雄大で、したたかで、しぶとい生命力を持った、万朶《ばんだ》の花をたなごころに載せて時を耐えた、幹の周りが三丈八尺、枝の拡がりが二反歩に余る、樹齢千二百年の桜のような人間を、自分の筆で書きあらわしてみたいという欲望に突き動かされたわけである。

1980.3–4

能《よ》く忍ぶ

〈能忍〉という言葉が仏典の中にあって、それは仏の数ある別号の中のひとつなのだと、ある人から教わった。耐えなければならぬことが人生には幾つもあるのを、人は幼くして知るはずだが、それがどうしても出来ないまま失敗を繰り返してしまう。

どうしてあのとき癇癪《かんしゃく》をおこしてケンカをしてしまったのか。どうしてあのとき、この長い人生の中のたった二年や三年という時を無限の如《ごと》く錯覚し、焦《あせ》って物事を途中で投げだしてしまったのか。耐えることの出来なかった自分を思い起こすと、慚愧《ざんき》の念にひたるばかりである。

芥川《あくたがわ》賞を受賞してすぐに、私は肺結核で入院した。悶々《もんもん》とベッドに臥《ふ》していたとき、私の尊敬する方から励ましのお葉書を頂戴《ちょうだい》した。

――長き将来にあっては、今の御静養が、即《すなわ》ち偉大なる作品の源泉になりゆくであろうと私は思っています。――

としたためられていた。

私はその一枚の葉書を何度読み返したかしれない。一年や二年の闘病生活が何だ。自分は必ず元気になって、すばらしい小説を書いてみせるぞ、と己に固く誓った。

私はいまもってすばらしい小説は書けずにいるが、一枚の葉書の文章とともに、〈能く忍ぶ〉という言葉を絶えず自分に言い聞かせている。

1982.12

お天道様《てんとさま》だけ追うな

私の父は、感情家でもあり論客でもあったが、決してストイックな人ではなかった。商売相手との舌鋒《ぜっぽう》するどいやりとりを耳にして育ったせいか、私は父に対してある錯覚をいだいていたようである。顔さえ合えば叱《しか》られて説教されていたという錯覚なのだ。私はつい最近まで、その錯覚の中にいた。実際には私が父に説教されたのは、ほんの一度か二度であり、烈《はげ》しく叱られたのも、かぞえるほどしかないのだった。おそらく、私の父に対する概念が、あのときも、このときも、お説教ばかりされていた、叱られてばかりいたという架空の場面を作りあげたような気がする。父が死んで十七年もたって、私はそのことにやっと気づいた。

晩年、父は、私のことを殆《ほとん》どあきらめていたと思う。何か特別な能力を秘めているかもしれないとひそかな期待を持っていたが、どうもそれは親の欲目だった。体も丈夫ではなく、頭もどっちかと言えば悪いほうだ。忍耐力もなく、何を考えているのか見当もつかない。父は、ひとり息子に、そんな評価を下したようだった。

私が大学三年生だったある夜、屋台でコップ酒を一緒に飲みながら、父はふいに父らしくない静かな口調でこう言った。

「おてんとさまばっかり追いかけるなよ」

何のことなのか理解出来ず、私は父を見た。七十年生きてきて、ようやく判《わか》ったのだと父はつづけた。自分は、日の当たっているところを見て、いつも慌《あわ》ててそこへ移った。けれども、辿《たど》り着くと、そこに日は当たっていず、暗い影になっている。また焦って走る。行き着いて、やれやれと思ったら、たちまち影に包まれる。振り返ったら、さっきまで自分のいた場所に日が当たっている。しまったとあと戻りしても同じことだ。

俺はそんなことばかり繰り返して、人生を失敗した。ひとところに場所を定めたら、断じて動くな。そうすれば、いつか自分の上に太陽が廻《めぐ》ってくる。おてんとうさまばっかり追いかけて右往左往するやつは必ず負ける……。

父は、それから二ヵ月後に死んだ。この父の遺言とも言うべき言葉が私を支えていくのは、これからであろう。

1985.10

犬たちの友情

私の家には、一匹のビーグル犬が住んでいる。

普通なら飼っていると書くべきであるが、私の気にいっていた椅子《いす》を強引に自分のベッドにしてしまい、あおむけで、何もかもをおっぴろげ、朝から晩まで寝ている姿を見ると、家賃も払わず、さりとて遠慮ひとつせず、市役所にちゃんと住民票まで届け出て住んでいる侵入者みたいなのである。

生まれて三ヵ月目に、我家にやって来たのだが、初めのしつけが悪く、一家中、べたべたの甘やかしで育てたので、どうも自分のことを犬だとは思っていないふしがある。自分も人間だと信じている様子なのだ。

家中の者が出かけて、ひとり（いや、一匹）置いてけぼりをくったあとなど、そのふてくされかたは尋常ではない。上目使いで我々を見やり、うちひしがれて溜息《ためいき》をつく態度からは、「どうせ俺なんか……」とつぶやく声が聞こえてきそうな気がする。

さて、このマックという名のビーグル犬には、友だちが二匹いる。どちらも茶色の日本犬で、近所の家に飼われているのだが、ときおり鎖から離されて、

「あーそびましょ！」

とマックを誘いに来る。

私の家は、伊丹《いたみ》市でも、いなかのほうにあたり、まだ田圃《たんぼ》や畑が多く残っている。稲刈りの終わった田圃で、三匹が遊んでいると、学校帰りの中学生たちが、けたけた笑いながら、

「ブラキン・マック」

とはやしたてる。ブラキン……？　私は中学生たちの、決して悪意ではなく、どちらかというとマックに対する親しみに取れる言葉を耳にして「キン」の意味は判ったが、「ブラ」の解釈を「ブラブラ」とすべきなのか「ブラック」とすべきなのか少々考えこみ、ある日、中学生のひとりに訊《き》いてみた。すると、その両方をかねているのだとのことであった。

人間の年齢にすれば、だいたい二十四、五歳で、しかもオスなので、そのような時期が到来すると「ブラキン」に火がついて、想像を絶する様相を呈してしまう。ビーグルは猟犬だから、他の犬の何十倍も嗅覚《きゅうかく》が発達している。

何も食べなくなり、目は血走り、外へ出て行こうとするのだが、一度、血だらけで半死半生のめにあって帰って来たことがあり、それ以来、私と妻は、時期が訪れると、家の出入口すべてに鍵《かぎ》をかけ、燃えさかる火の衰えを待つしかない。なぜなら、昨年は、ご近所のメス犬すべてを口説き落とし、なんと、あっちこっちに、十八匹もの変てこりんな仔犬《こいぬ》が生まれたのである。スピッツにビーグルが混じるとどうなるか。柴《しば》犬《いぬ》にビーグルが混じるとどうなるか。

生まれた仔犬を見て、近くに住む、何人の奥方が怒鳴りこんで来たことであろう。さも、自分のところの箱入り娘が、名うての女たらし「ブラキン・マック」に強姦《ごうかん》されたかのような形相、かつ口ぶりなのだ。妻は頰を赤らめて言った。

「外に出した私どものほうにも落度はあったかと思いますが、それからあとのことは、双方合意のうえだと思うんですけど……」

奥方連は、今後、そのような時期には、マックを外に出さないでくれと言って帰って行った。しかし、そんな酷な話はない。オスが興奮するのは、メスの発散する匂《にお》いによってである。

さて、またその時期がやって来て、どんなにあがいても外に出してもらえない「ブラキン・マック」の全身は、四六時中、小刻みに震えている。ときおり、うたたねをしても、震えながらのうたたねである。マックもつらいが、私たちもつらい。妻は、去勢手術をするしかないのではないかと言った。私は断固反対した。

「お前は、男の××玉を、アメ玉か何かぐらいにしか思てないんやろ。あれを取られて、おめおめと生きてられるか」

「それは、あなたの個人的見解じゃないんですか？」

なんとなく、火の粉は当方に振りかかって来そうな具合になった。私は慌てて、去勢された生き物は、早死するそうだとか、異常に肥満するらしいとか説明した。妻は溜息をつき、

「マックから、これを取ったら、なんとなくしまりがないわねェ……」

だが、年に何度もこんな大騒動を繰り返すのは、私とてやりきれない。生まれた仔犬を全部引き取ってくれなどと、奥方連に詰め寄られたら、笑いごとではすまないのである。

「しょうがない。××玉を取るか。それしかないなァ」

と私は言った。

「手術をするとき、お医者さんに頼んでほしいんやけど……」

そう真剣に妻は言った。

「取ったあとに、ビー玉を二つ入れといてもらわれへんやろか」

「何でや」

「いちおう、形だけでも残しといてやりたいから」

「アホ！」

私は、あきれて思わず怒鳴った。

「袋の中にビー玉を入れる？　歩くたびに、コチン、コチンと音がするぞ。『ビーブラ・マック』になるで。Bカップのブラジャーになるぞ。そんなアホなことが出来るか」

けれども、思いも寄らぬ朗報が入った。ある日、廃品回収業の車が停まり、ひとりのおじさんが降りてくると、妻に、

「お宅さんの犬は、何という種類の犬でっしゃろか」

と訊いた。

「あのう、ビーグルっていうんですけど。正式には、アメリカン・ビーグルです」

おじさんは嬉《うれ》しそうに笑い、じつは息子が友だちからメスのアメリカン・ビーグルを貰《もら》って来た、いまちょうどその時期で、オス犬が何匹もうろつき、夜になると吠《ほ》えたりケンカしたりして、うるさくて仕方がない、しかし雑種と交配させたくないので

困っていた、ぜひ、お宅の犬と……。

願ってもない話である。おじさんは早速家に帰り、メスのビーグルを我家に連れて来た。

「おい、マック。よかったなァ。べっぴんさんやぞォ。はやるなよ。相手はまだ処女やから、がつがつと急ぐな。やさしく、やさしーく」

私はマックに言い聞かせ、二匹を庭に放した。仕事が手につかない。何度も階下に降り、妻や小学生の息子に訊いた。

「終わったか?」

「まだみたい」

妻は勝手口を指差した。マックと、二匹の友だちが坐《すわ》っている。メスのビーグルは、心細そうにして庭の隅にいる。

「何や、あいつらは」

「さっきから、三匹並んで坐って、いつまでもメス犬を見てるんです」

「アホ! 追い帰せ。あれはマックの嫁はんやぞ。俺がすんだら、次はお前、その次はお前てなことを、三匹で相談してるのと違《ちゃ》うやろな」

私はバットを持って走り出ると、マックの友だちを追い払った。この期《ご》に及んで、何をもたもたしておるのか。さっさと、いたせ。

友だちは、田圃に坐って、うらやましそうにマックを見つめている。

「終わったよ」

妻が報告に来た。

マックは、よかった、よかったと言って、田圃で指をくわえて見ている友だちのところに走って行ったのだが、友だちは、お前ひとり、いいめをして、嬉しそうにするなと言い、それから一週間くらい遊びに来てくれなかったそうである。

1985.4

早射《はやう》ちマックも歳《とし》を取った

我が家のマックは、生まれてこのかた、ひとりぼっち（一匹ぼっち？）になったことがない。

十二年前に、私の掌《てのひら》に載るほどに小さいとき、我が家の一員となったのだが、当時は、まだ私の母も元気だったし、息子二人も幼なくて、そのうえ、お手伝いさんとか、義姉の子供たちが、しょっちゅう出入りしていたので、必ず誰かが家にいたのである。

そのために、マックは、極端に寂しがり屋となってしまい、そのうえ、いまや歳を取って頑固になり、たまに家人全員が外出しようものなら、家中のあちこちにオシッコして、延々と遠吠えをつづけ、隣人をして、

「近くで消防車がサイレンを鳴らしつづけてるのかと思いました」

と言わしめるほどに騒ぎまくる。

これは、もはや〈腹いせ〉以外の何物でもなく、私と同様、不安神経症患者なので

はないかと思えるほどである。

けれども、私たちにとって、マックの存在は、一種の〈カスガイ〉であって、マックのお陰で、夫婦ゲンカや兄弟ゲンカ、もしくは親子ゲンカが、すみやかに終了したことは数限りない。

マックは、とにもかくにも、争い事が嫌いである。たとえケンカではなく、常よりも声高に話をしているだけで、マックの目は哀《かな》しみを帯び、泣きべそをかいて、

「なァ、ケンカなんか、せんといてェな」

と鼻を鳴らす。

だから、いつのまにか、マックのために、私たちは言い争いやケンカをしないようになってしまった。

マックも歳を取って、口の周りに白い毛が増え、ときおり脚の関節炎で歩けないときもあるが、〈早射ち〉だけは、オシッコも、いい女を口説くときも健在である。

マックがいなくなったら寂しいなァと思うだけで、たまらなく寂しくなる。

1994.2

ハンガリー人の息子

ハンガリーの青年の、日本における身元保証人となり、我が家で寝食をともにしはじめて二年と少したった。彼は現在、神戸大学大学院日本史学科で学んでいる。無事に修士論文が合格すれば、来年の春、両親の待つブダペストに帰ることになる。その間、私は、彼の、日本での父の役割をになうわけである。

その青年の名は、セルダヘーイ・イシュトヴァーンというが、愛称はピシュティである。しかし、私の母、つまり彼の日本でのおばあちゃんは、舌が廻らなくて、〝ピステン〟と呼ぶ。私は、そのときの気分で、〝ピー助〟とか〝ピー太郎〟と呼んだりする。〝ピシュティ〟と、すらっと言えるのは、私の妻と小学生の息子たちで、近所の人や、私の友人は「あのハンガリーくん」とか、「ピースさん」とか呼んでいる。

彼が、ブダペスト大学を卒業して、さまざまな困難を乗り超え、(このさまざまな困難に関しては、ハンガリーが東ヨーロッパ、つまり社会主義圏であることを念頭においていただければ、だいたい察しがつくであろう）やっと日本に留学して、一番最初に生じたトラブルは、この〝ピシュティ〟という彼の愛称に関してであった。とにかく、我々日本人にはどうにも言いにくい。そこで一計を案じ、私は彼に、日本人は親しい者を〝ちゃん〟づけで呼ぶのだと説明して、

「きょうから、お前のことをピーちゃんと呼ぶからな」

と言った。途端に彼の顔が曇った。

「いやか？」

「いえ。いやではありませんが」

まだたどたどしい日本語で彼は答えたが、なんとなく気に入らない表情をつづけている。そこで私は、このような言い方は、決して相手を軽んじているのではない、私もみんなに〝テルちゃん〟と呼ばれているし、つまり、日本の習慣なのだ。幾つかの例をあげてそう教えたのである。彼はいちおう納得した。私は、母にも友人にも、言いにくかったら〝ピーちゃん〟と呼ぶようにと言った。

それから三、四日たって、私は彼を連れてテニスクラブへ行き、メンバーに紹介した。クラブの面々も、彼を〝ピーちゃん〟と呼んで、ダブルスのゲームに誘ってくれたり、ビールをご馳走《ちそう》してくれたりした。

「ピーちゃんは、まだ日本に来たばかりなのに、日本語がうまいねェ」

とか、

「ピーちゃん、ハンガリーの人口は何人ぐらいですかねェ」

とか話しかけて、仲良くしてくれている。すると、彼は立ちあがり、ロッカーのところで私を手招きする。

「ぼく、ピーちゃんと呼ばれるのは、やっぱりいやです」

「そうか……。いやか。なんでや？」

彼は声をひそめ、ハンガリー語でピーチャン、あるいはピチャ、さらにはピーチャとは、女性の体のある部分に対する極めて下品なスラングなのだと教えてくれた。私は、ぽかんと彼の顔を見つめ、なるほど、ピーちゃんと呼ばれたりしたら、俺でもいやだなと思った。彼は、日本でこれからずっとピーちゃんと呼ばれるのかと考え、悶々《もんもん》と悩みつづけていたのだった。

「最初から、ちゃんとそう説明したら、俺はそんな呼び方はせんぞ。どうして説明しなかった」

と私は訊《き》いた。彼はこう答えた。ハンガリーを発《た》つとき、父から、日本では日本の慣習に従って、一日も早く宮本家の一員になるようにと言われた、と。

私は溜息《ためいき》をつきながら、何度もうなずいた。

「しかし、ピーちゃんと呼ばれるのだけは、ぜったいにいやだ」

なるほど、なるほど……。私はそう何度もつぶやくしかなかった。私は、テニスクラブのメンバーに、そのことを説明し、〝ピーちゃん〟と呼ぶのはやめてくれと頼んだ。みんなも、何度もうなずき、

「そら、俺もかなわん。俺もそう人前で呼ばれたら、悩むどころの騒ぎやおまへん」

「しかし、何という偶然やろ」

口々に言って、結局、セルダへーイと呼ぼうではないかと決めた。ところが、こんどは私が、そう呼ぶのもよくないことを説明しなければならなかった。ハンガリーは、ヨーロッパにあって唯一《ゆいいつ》、姓と名が日本と同じ順の国なのである。テル・ミヤモトではなく、ミヤモト・テルだから、セルダへーイと呼ぶことは、姓を呼び捨てにすることになる。やはり、これも失礼ではないか。

「さよかァ……。セルダへーイっちゅうのは、名字でっか。なんやかやと、難しいもんやなァ」

メンバーのひとりは、天井を見つめて腕を組んだ。

左様、つまり、なんやかやと難しいのである。民族性の違い、国民性の違いは、思

いも寄らないところで、決定的な亀裂《きれつ》を生じる。そして、その点において、日本人はまったくと言っていいほど慣れていないし、訓練されていない。それを単に、スープを音をたてて吸ってはいけない程度の慣習の違いとしてしかとらえていないところに、日本人の大きな問題がある。スープの飲み方ぐらいは、ちょいと教えてもらうだけで理解出来る。けれども、教えてもらっても理解出来ない事柄が、じつに数限りなく存在している。渦の中に巻き込まれて、少しずつ判《わか》っていくしかない。日本は外国とつきあうようになって、わずか百年とちょっとの歴史しか持っていない。渦の中で身をもって学ぶには、百年は短すぎるのである。

さて、ハンガリーの留学生であるが、彼もまた日本で多くのものを学んだ。そのひとつは、「お礼状」である。ヨーロッパでは、資本主義圏も社会主義圏も関係なく、「お礼状」を出すという習慣はない。たとえば、誰かにプレゼントを貰っても、そのとき「ありがとう」と言うだけで済んでしまう。彼も日本でさまざまな人々にお世話になったが、そのつど、私は彼に「お礼状」を出すよううるさくせっついた。しかし彼は、必ず私とケンカをした。「ぼくはあのとき、ちゃんとお礼を言った。これ以上、何が必要だ。ぼくには判らない。ヨーロッパでは、よほどのことがないかぎり、そんなことはしない」

「ヨーロッパでは、ヨーロッパではと、つべこべ抜かすな！　ここは日本や。日本では、サンキュー・レターっちゅうのは大切なんや。日本だけと違う。ハンガリー人であろうが、イギリス人であろうが、ソヴィエト人であろうが、きちんとお礼状を貰《もら》ったら、誰でも悪い気はせんはずや。ごちゃごちゃ理屈を言う前に、さっさと書け！」

彼はいつも、しぶしぶ礼状を書いた。ある日、ブダペスト大学の老教授が招かれて神戸大学にやって来た。彼はその通訳を三日間務めた。一ヵ月後、ハンガリーへ帰った老教授から彼宛《あて》に丁寧な礼状が届いたのである。彼は、その手紙を大事そうに机にしまい、しょっちゅう取り出しては読み返した。

「ぼくは、この手紙を読んで、とても嬉《うれ》しかったよ。ぼくも、こうしなければいけないと思う」

彼は、照れくさそうに私に言った。それから彼は、日本式の時候の挨拶《あいさつ》などを含んだ正式な手紙の書き方を勉強しはじめた。

私も、彼から多くのものを教えてもらった。ヨーロッパの歴史、スロヴァキアとロシア、トルコとの関係、ユダヤに関する多くの知識、ヨーロッパとアジア、アラブ諸国の問題……。けれども、私が彼から学んだもので最も大きい事柄は、彼の勉強ぶりである。夜中の三時、四時まで勉強している。彼には三年間の留学期間しか与えられていない。たった三年で日本語をマスターし、日本歴史のエキスパートとなって帰国しなければならない。遊んでいる暇などないのである。まだ二十八歳の、日本という遠い異国でホーム・シックと闘い、さまざまな悩みと闘い、夜明け近くまで勉強している彼を見ると、私も、もうひと頑張りするかと、椅子《いす》に坐《すわ》り直すのである。

十年、二十年先、彼が日本とハンガリーの文化を結ぶ役割を担《にな》って活躍する日が訪れたら、私はどれほど幸福であろう。

1986.7–8

優しさと野鳥たちとの対話と

ここ数年、夏は軽井沢で仕事をするようになった。昭和五十四年に結核で入院し、一年間養生したのだが、友人が心配して、森の中の小さな家を借りる世話をしてくれたのである。

漢方の医師に教わったのだが、人間の体質は虚と実とに大別され、漢方薬は、その人がどちらの体質かをしっかり見きわめたうえで調合しなければならないそうだ。漢方薬は副作用がないというのは大変な間違いで、虚の体質の人が、実の人にもちいる薬を使ったり、その逆のことをすれば、効かないどころか、強い副作用が出るらしい。いちがいには断定出来ないけれども、山よりも海が好きだという人には、実の体質が多く、海よりも山が好きな人には、虚の体質が多いという。極端な例で言えば、柔道の選手とか相撲取りのような体、肥《ふと》って赤ら顔の人は実。そうでない人は虚ということになる。結核にかかる人は、虚の体質がほとんどで、海辺で保養したりするとかえって体を弱めるそうである。

そう言われてみれば、私も海より山のほうが好きで、軽井沢の森でひと夏をすごすと、どんなに仕事が忙しくても、体重も増え、顔色も良くなる。森林浴という言い方があるが、確かに体自体が、森林に浴していることを実感し、樹《き》や草の発散する不思議な精気に気づく。一本の樹や、野辺の草が、それぞれの心を持った生き物だと思えてくる。

さて、軽井沢の森の中で仕事をしていたある日、ひとりの友人が訪ねてきた。友人といっても、格別に親しいわけではない。無口な人で、私より七、八歳年長である。こちらから話しかけなければ、いつまでも黙っている場合が多く、私としては少々疲れる相手なので、実際のところは早く帰ってもらいたかった。しかし、それを口にするわけにもいかず、樅《もみ》の大木の下に椅子《いす》を運んで、ビールを勧めた。ちょうど二時間前から降りだした雨がやみ、木洩《こも》れ日が差した。

「あっ、ヤマセミだな」

突然、その人がつぶやいた。

「セミ？　セミなんて鳴いてないよ」

私は鳥に関する知識は皆無なのである。

「いや、鳥だよ。ヤマセミって名前の鳥」

そして、彼は野鳥の声に耳をかたむけ、唇と舌を使って、ヤマセミの鳴き声を口から発した。まったくヤマセミの鳴き声そのままなので、私は少しびっくりして、

「へえ、うまいねェ」

と彼の口元を見つめた。しばらくすると、森のどこかでヤマセミが応じた。彼とヤマセミとは、いつまでもさえずりあっている。なんだか、話をしているみたいで、私はビールの缶を片手に、彼と、ヤマセミのいるらしい遠くの樹を、交互に見やった。

「アカゲラもいるよ」

彼は、首をかしげて耳を澄まし、

「うん、やっぱりアカゲラだ。キツツキみたいに、木の中の虫を獲《と》る小鳥でね」

そう言って、こんどは違う音色を発した。すると、私の耳には聞こえなかったアカゲラの声が、だんだん近づいてきた。

「鳥と話が出来る！　すごいねェ」

「こっちが勝手に、話をしてる気分になってるだけさ」

彼は照れ臭そうに微笑した。

「シジュウカラもいるね。ここは、野鳥が多いんだなァ。いいなァ」

「シジュウカラの声も出来るか？」

私は身を乗り出して訊《き》いた。

「これは、割合、簡単なんだ」

私は、魔法使いを見る心持ちで、シジュウカラの鳴き声を発している彼を見つめた。

「昔は、もっとうまかったんだぜ。だけど、結婚してから、山登りしなくなっちゃって」

彼は、奥さんと子供たちが海にばかり行きたがるので、この十年近く、夏の休暇は伊豆《いず》の海水浴場と決まっているのだと説明した。人は信じないだろうが、何種類かの野鳥たちは、私の近くに集まってきて、そのはしっこい姿をちらつかせたのである。

私は夢中になり、『軽井沢の野鳥』という本を捜し出してくると、ページをくり、

「カケスを呼んでくれよ」

とか、

「シメなんて鳥もいる」

とか言って、彼にせっついた。

「じゃあ、ひとつやってみるか」

彼はビールで喉《のど》をうるおし、私がリクエストする鳥の声を真似《まね》てくれた。応ずる鳥

もいれば、応じてこないのもいる。だが、私はひたすら驚嘆するばかりである。ただ上手に真似るだけでは、鳥は応じたりしないだろう。とりわけ野鳥の、人間に対する警戒心の強さは理解出来るので、私はそう思った。すると、私は、彼がひどく孤独な人間に思えてきた。とりたてて用事があるわけでもないのに、なぜ軽井沢にいる私を訪ねてきたのかが、いやに気にかかった。口にしにくい大事な用件があるのではなかろうか。だいたい、口にしにくい用件といえば、借金の申し入れと相場は決まっている。けれども彼は、鳥の鳴き声の真似をやめても、いっこうにそれらしき用件をきりださない。金を貸してもらいたいと言うのが、いかに難しくて、いやなことかを、何十回も味わってきた私は、とうとう自分のほうから口にした。

「なんか俺に頼みたいことでもあるの？　お金？　少しぐらいだったら大丈夫やぜ」

しかし、内心は、とてつもない金額だったらどうしようと不安であった。彼は、ちらっと私を見たあと、紙袋から三冊の本を出した。会社の同僚に、ずっと以前に頼まれたまま忘れていたのだが、お前の本にサインしてやってくれないか。ちょうど松本のほうに出張があったので、ついでに寄ったのだ、と言った。私は、きまりが悪くて、本にサインしたあと、アカゲラの鳴き声を真似てみた。応答などあろう筈《はず》がない。彼は、再びアカゲラの鳴き声を発したが、それに応《こた》える声は聞こえてこなかった。

「優しい気持でないと、駄目なんだよな」

彼は苦笑して、それきり鳥の声を真似ようとはしなかった。そして、夕暮近くまでビールを飲んで帰って行った。それ以後、仕事の合間に、私はヤマセミの声を練習して、相手の応答を待った。応じてくれるのはカッコウばかりで、優しさとは難しいもんやなとひとりごちて、やたらに森の空気ばかり吸っていた。

1986.12

ハイ・テクの言語……？

「新しい作家、いないですかねェ」深夜、電話で話している際、ある編集者が私にそう言った。新しい作家……。そんなもの、次から次へと量産されているではないか。私はわざと冷たい言い方をして笑った。その編集者は、真剣にこう考えている。ハイ・テクの時代は、とどまるところを知らず、きょうも日本中のあちこちで、ひとり孤独にパソコンと遊び、自分がプログラムしたコンピュータと将棋をしたり、なかにはある種のセックスとおぼしきゲームと格闘している少年たちがいる。思えば、それは空恐しい不気味な光景である。彼等にとって、言葉はもはや何の魅力もない。そうやって育った連中が己の心を言語で表現しはじめたら、いかなる文学が誕生するのであろうか。そろそろ、そんな作家が出て来てもおかしくはない。けれども、そのためには、彼等は彼等の言語を有しなければならぬ。光りながら、めまぐるしく動く光景から感受したハイ・テクの言語……。

彼は、昨今の若者たちの、文学離れを憂《うれ》えて、ふとそんな思考にとらわれたのだという。

「もう文学は終わりましたよ」

「きょうは、いやにデカダンスやなァ」

「デカダンスにもなりますよ。こんなにいい本が、なぜ売れないんだろうって、歯ぎしりするようになって、もう十年以上たつんですから」

電話での会話は、そこから先に進まないまま終わったのだが、私は深夜、寝つけなくて、無数の映像と無数の音楽について考えた。どのような映像の彼方《かなた》にも見えないものがあり、いかなる音楽からも聴こえないものがある。それを立ちあがらせるのが言語ではないか。文学は、終わるどころか、これから真の力を発揮する時代に入る。そう確信して、夜明け近くまで起きていた。文学が負けるのではない。虚無や時代への迎合といううらくな階段を昇り降りし、訳知り顔に民衆をなめる作家や編集者が負けるのだ。

1987.2

贅沢《ぜいたく》な青春

学生だったころ、私は、書店の文庫の棚の前で随分長い時間立っていた。その時間を合計すれば、何十日分にも相当しそうである。「あれを読もう」と最初から目星をつけて文庫本の並ぶ棚に歩み寄ったことは、ほとんどない。何を読もうかと背表紙を眺め、手に取り、書き出しの数行を読み、解説に目をとおし、ためらってためらって、別の文庫本に心を移す。そのときの、何を読もうかと迷う私の目は、おそらく青春時代における最も気概と熱気と冒険心に満ちたものであったろう。私という汚れた人間が、唯一《ゆいいつ》、澄んだ目を輝かせる場所は、文庫本の棚の前であった。私は、それを思うと、貧しかった当時の、いろんないやな情景などどこかに押しやって、ああ、贅沢な青春だったなと感謝する。文庫本というものがなければ、私は世界の名作に触れることなく、何が真のミステリーであるかも知らず、何を人生の不思議と言うのかも学ばず、猥雑《わいざつ》なおとなの群れに、よろよろと加わって行ったに違いない。

1986.7

文庫本のたたずまい

文庫本というものの存在が、日本人の多くを読書の歓《よろこ》びに誘い込んだのは、もはや歴史的事実だが、それはなぜかといえば、値段のてごろさ、サイズ、親近感などがあげられる。

しかし、私はそれ以上に、文庫本そのもののたたずまいを理由にしたくなる。たたずまいが、我々を、ときに知的冒険に向かわせたり、未知の領域への探索心を湧《わ》きあがらせたり、長大なロマンへの橋を渡らせたりするのではあるまいか。

一冊の小さな文庫本のなかに、宇宙大のミステリアスな世界があることを知らない若者たちがいることは無念でもあるし、哀《かな》しくもある。

文庫本の持つ不思議なたたずまいの正体は、それを作る人たちが、どうしても後世に伝えたい作品、時代を経て古びない作品、送り手として恥じない作品を選ぶという気がまえが根底にあって、それが言うに言えない雰囲気を一冊の本に与えているからであろう。
青春のあの日、一冊の文庫本に触れなかったら、私は作家になんかなっていなかったと思う。

1997.6

母への手紙——年老いたコゼット

前略
親父《おやじ》が五十歳のときに生まれたぼくも、ことしの三月に四十歳になりました。お母さんは、三十六歳でぼくを生んだのですから、七十六歳になったのですね。
ぼくは、七年前の昭和五十五年、お母さんが癌《がん》になったとき、絶対にこの病気では死なないだろうと妙に確信を抱いたものの、とにかくあと五年の寿命を延ばしてもらいたいと祈ったものです。お母さんの来し方を考えるたびに、いまここで死んだら、あんまりだ、あんまりにも人生不公平じゃないかと、何物かに対して怒りの言葉を投げかけたりしました。
中国に「文学は運命への諦観《ていかん》を憎む」という古い言葉があるそうですが、お母さんは、自分の夫の死後、じつにこの〈運命への諦観〉を憎む闘いを、弱い体に鞭打《むちう》って、やりつづけてきました。そのお陰で、ぼくはなんとか小説家として生活が出来るようになったのです。どんなに感謝してもしきれないし、また、その感謝の言葉は、言うほうも聞くほうも照れ臭いので、こうやって手紙でしたためる次第です。

お母さんに、もうひとつ感謝しなければならないのは、自分の息子の妻、つまり嫁に対する一貫した愛情です。ぼくが結婚する少し前、お母さんがぼくに言った言葉を忘れることは出来ません。

「私は、息子と嫁がケンカをしたら、たとえ息子のほうが正しい場合でも、お嫁さんの味方をする。家庭を崩壊させるほどの過《あやま》ちを犯すような女を、お前が奥さんに選んだりはしないだろう。だから、どうせケンカといっても、それほどたいした原因のものではない。だから、私はいつも嫁の肩をもつからね」

これは、世の姑《しゅうとめ》となる人が、いちおう思ってみたり、口にしたりするかもしれません。しかし、それが実行されたためしもないようです。ですが、お母さんは、ぼくが結婚して足かけ十六年間、夫婦ゲンカでぼくの肩をもってくれたことは、ただの一度もありませんでした。いつも嫁の味方をし、ぼくに「お前が悪い。お前のほうが間違っている」と言いつづけてきました。

このことは、ぼくが誰かに話して聞かせても、一様に半信半疑の顔をします。けれども、これが事実であることは、なによりも、ぼくの妻が知っています。「お嫁さんが、暗い哀しい顔をしている家が栄えたためしはない」。お母さんは、ぼくたちのケンカのあと、きまってそう言いますが、それがまさしく真実であるのを、ぼくは実感出来る年齢になりました。ぼくは、お母さんくらい、生まれたときから不幸で、味わってきた苦労も尋常なものではない人は少ないと思います。その苦労が、賢い、愛情深い姑としての知恵をも育《はぐく》んだのでしょう。

ビクトル・ユーゴーの『レ・ミゼラブル』の最後の章に、主人公であるジャン・ヴァルジャンが死の床で、自分が引き取って育てた孤児・コゼットに語る言葉がありますす。コゼットが娼婦《しょうふ》の子であることは伏せたまま、初めてコゼットの母の名を明かす場面です。

〈コゼット、今こそお前のお母さんの名前を教えるときがきた。ファンチーヌというのだ。この名前、ファンチーヌを、よく覚えておきなさい。それを口に出すたびに、ひざまずくのだよ。あの人はひどく苦労した。お前をとても愛していた。お前が幸福の中で持っているものを、不幸の中で持っていたのだ〉(佐藤朔訳)

ぼくは、この部分を読むたびに、いつもなにかしら人生の大きな仕組みのようなものを感じて胸をうたれます。

……お前が幸福の中で持っているものを、不幸の中で持っていた……。いま、お母さんは年老いたコゼットでしょうし、男と女の違いはあれ、いまのところ、ぼくもまたコゼットなのだ。そんな気がするのです。

お母さんは生まれてすぐに母親と死に別れ、親戚《しんせき》の夫婦に貰《もら》われ、七歳で奉公に出され、やがて酒乱の夫と結婚し、一児をもうけて離婚し、ぼくの父と再婚しました。そして、二人目の夫にも苦労させられ、夫の死後、ぼくのために早朝から夜半まで働きつづけました。そして、やれやれと一息ついた途端、大病にかかり、手術後はずっと体の調子が悪いのです。そんなお母さんが「ああ、しあわせだ」とつぶやくたびに、ぼくは、『レ・ミゼラブル』のあの数行を思い出すのです。

親父も、ロマンチストの事業家で、詩を書いたり、短い文章をしたためたりするのが好きでしたね。人に騙《だま》され、無一文になって死にましたが、その親父の一粒種が、小説家になりました。じつに人生とはミステリアスなものです。そして、幸福へのミステリーを教えてくれたお母さんが、もっともっと長生きをするよう、朝夕祈っています。最後に苦言をひとこと。親父が死んで二十年にもなるのですから、もうそろそろ、生前の浮気の件は許してやってはいかがですか。女に時効はない、とはいうものの……。

草々

1987.9

財布のひも

大阪人はケチだという定説が固まって、いったいどのくらいたつのであろう。しかし、私は、大阪人がケチだとは断じて思えない。ケチなやつは、東京にだって山ほどいるだろう。根性物の小説やドラマで、そんな誤った概念が出来あがったのだ。けれども、この私の弁護は、いつも蠅《はえ》を追っぱらうような手つきとともに一笑にふされる。そこで私は、私の知らないあまたの大阪人が、あっちこっちでケチの見本を披露しているのだろうかと首をかしげてしまう。少なくとも、私の周囲には、ケチはいないからである。

私の財布には、生まれてこのかた、ヒモなんか付いていない。いつも開きっぱなし。欲しいものがあると、たとえ借金をしてでも買ってしまう。女房なんか、そんな私にすっかりあきらめているが、それは、女房の財布にもヒモがないからである。うっかり私の金使いに文句を言おうものなら、即座に自分の立場が悪くなるので、何もケチ合い言葉なのだ。

をつけない。だから私たち夫婦の財布は、ともどもにヒモがなくて、年がら年中、開きっぱなしである。〈金は、使わなければ入ってこない〉というのが、私たち夫婦の合い言葉なのだ。

だが、私とて、ときおり老後に思いをはせるときがある。子供の教育費にも、そろそろ金がかかりはじめた。小説家なんて身ひとつの仕事で、人間、あすはどうなるか知れたものではない。俺が病気でもしたら、一家はどうなるのだろう。このままではいかん。少し財布のヒモをしめて、貯金をしなければ……。そう決意したのは夏ごろだったが、それから十日後に、香港《ホンコン》で、べらぼうに高い時計を買ってしまった。私は、それを女房に内緒にして、夜中に、こっそり腕に巻いて楽しんでいた。ところが、女房も私に内緒で、しこたま服を買って隠していたのだ。この皺寄《しわよ》せの足音が聞こえてくるのは、間近いような気がするのだが、女房は自分の顔に皺が増えること以外はまるで気にしていない。

1988.1

花も実もある嘘《うそ》ばっかり

俳優の寺田農《みのり》さんが、私の小説を「花も実もある嘘」だと言って、過分に賞《ほ》めてくれたら、居合わせた別の友人が、「いや、あれは嘘ばっかりだ」と茶化した。大笑いになって、その場にいた数人で〈花も実もある嘘ばっかりの会〉というのが発足した。

いずれにしても、小説家が、花も実もある嘘を書けたら、まったく本望というものだ。

1992.4

音をたてて崩れる

べつだん私は、女性を天使のようなものと考えているほど愚かではないし、貞操帯を考案したどこかの国の男みたいに変態でもないと信じている。それどころか、私はつねづね、女というものは恐しいとさえ思っていて、出来ることならば、当たらず触らず平穏にと願っているくらいである。

さて、そのような私の内部で、まさに音をたてて何物かが崩れるという事態が生じた（妻が浮気をしたというのではない。誤解のなきよう）。

三年ほど前、私の友人のお嬢さんが、当時は大学生だったので、アルバイトとして、私の家に通っていた時期があった。私の仕事に関連する資料を集めたり整理したりという作業を手伝ってもらったのである。

あちこちの図書館へ行き、私が必要とするものを捜しだしてコピーをとり、それを私に判《わか》りやすいよう整理してまとめる作業は、結構時間と労力を費やす種類のものだったが、彼女の仕事ぶりは非常に丁寧で、かつ迅速であった。

私は、彼女（仮りにA子さんとしておく）を、まだ中学生だったころから知ってい て、利発で、きれいな子だなと思っていた。実際、A子さんが大学生になり、私の仕事を手伝ってくれるようになると、その頭の回転の速さだとか、要点に対する呑《の》み込みの良さに感心させられることがしばしばあった。A子さんは、卒業試験が間近に迫って来たころ、私の手伝いをやめ、卒業後は就職せず、実家の仕事を真面目《まじめ》にこなして、両親に言わせると、

「このまま家業の事務をさせといたら、恋人も出来ないで、三十を過ぎても独身てことにならないかって心配してます」

とのことだった。

私たち夫婦が、そのA子さんに、ひとりの青年を引き合わせたのは、約半年前である。青年の父親は、大阪で中堅の食品会社を営み、青年は大学を卒業したあと、家業とほとんど同業の会社に就職した。いわば、そのまま家業を継ぐ前に、世間を見てこいという親心で、修業に出されたわけである。私は、その青年をも、高校生のころから知っていて、昨今珍しいほど、しっかりした子だなと思っていた。

昨年の秋、青年の両親と食事をする機会があり、その際、息子は家業を継ぐために、

八月に勤め先を円満退社しましたという話が出、そろそろ結婚してもいい年頃なのに、休みの日となると、南紀だとか日本海あたりまで海釣りに出かけて、嫁さん捜しよりも魚釣りのほうに一所懸命ですと言われた。そのとき、私はふとA子さんのことを思い浮かべ、

「いいお嬢さんがいますよ」

と軽く言ってしまった。すると、青年の両親は、ぜひご紹介願いたいと本気で身をのりだした。しかし、私も妻も、二年近く、A子さんと逢《あ》っていなかったので、ひょっとしたら、すでに意中の男性がいるかもしれないと考え、即答を避けた。

その夜、私はA子さん宅に電話をかけ、

「どうだ、恋人はいるのか?」

と訊《き》いた。A子さんは、照れ臭そうに、

「残念ながら、いないんです」

と答えた。

話は、とんとん拍子に進み、二人は、一緒に魚釣りに行くようになり、年が明けた一月の末に、二人して私の家を訪れた。まだお互いの両親には報告していないが、結婚することに決めたというのである。まことに結構な話である。私も妻も、二人を心

から祝福し、仲人《なこうど》まで引き受けた。

その三日後には、両家の父親から正式に婚約をした由《よし》の電話があり、結婚式の日取りは、宮本さんのスケジュールを訊いたうえで、出来れば五月の末あたりに、という相談があった。それで結婚式の日取りも決まったのである。

ところが、それから五日後に、青年の父親から電話があり、ぜひ時間を作ってもらえないかと、何やら固い口調で言われ、その夜、私の家までやって来た。青年の父親は、まあ滅多なことはあるまいが、いちおう形だけでもと考え、A子さんの家庭のこととか、A子さんの身辺を、興信所を使って調べたのだった。その興信所の報告書を見て、私は愕然《がくぜん》となり、しばらく言葉が出てこなかった。

A子さんは、青年と二人で私の家に訪れたあと、タクシーで阪急電車の塚口駅まで行き、青年と別れた。青年は大阪へ行く電車に乗り、A子さんは神戸行きの特急に乗った。三宮センター街の喫茶店に入り、そこで男と逢い、男の運転する車で国道二号線を芦屋《あしや》に向かって走り、ホテルに入り、二時間後にホテルから出て、男とは阪急の芦屋駅で別れ、電車に乗って自宅へ帰っている。しかも、報告書には、男とホテルへ入る瞬間と、出て来たときの、A子さんの鮮明な写真が添えられていた。そのうえ、男の氏名、職業、家庭状況までも詳細に記載されているのだった。男は、妻子のあるサラリーマンで、私とおない歳《どし》だった（これが、一番腹の立つところである）。

「私の家に、二人で来たあとにねェ……」

私は、写真に見入りながら、何度、その言葉を繰り返したことであろう。とにかく、A子さんと青年とを引き合わせたのは私なので、あとは知らない、ご両家で勝手にかたをつけてくれと言うわけにもいかない。

その後、いろいろといきさつがあり、縁談は勿論《もちろん》ご破算となったのであるが、そのいきさつのあいだに、私はA子さんの口から、男とはもう足かけ四年もの関係であることを知った。私の仕事を手伝っていてくれたころには、すでに妻子ある男とつきあっていたわけである。A子さんがそれを語る際の口調はじつに、しゃあしゃあとしている。

私は、私の中で、何かが、がらがらと崩れていく音を、はっきり聞いた。妻は、最初はびっくりしていたが、

「あんなタイプのほうが、危ないもんですよ」

と言って、くすくす笑うのである。私は、それ以後、道で、おとなしそうな娘を見ると、

「おい、不倫がいてるぞ。あっ、あそこにも不倫が立ってる」

と妻に言うようになり、

「もういい加減にしなさい」

と叱《しか》られている。私はなんだか頭にきて、

「娘が年頃になったら、ホッチキスでとめて、封をしとけ！」

と怒鳴りまわす。すると妻は溜息《ためいき》をつき、あきれ顔で私を見て、

「あーあ、うちには息子だけで、娘がいなくてよかった」

そう本気でつぶやくのである。私は、ますます腹を立て、

「あんな、きざな四十男のどこがええんや。女はアホか」

と怒鳴るのだが、さて、私の中で、いったい何が音をたてて崩れたのであろう……。

1988.4

河原の死体

阪神地方に想像を絶する大地震が起こって七日目、家がこわれてしまって、妻の実家で厄介になっていた私たち一家は、やっと賃貸マンションをみつけて、そこに引っ越した。

引っ越しを手伝ってくれたAさんは三十歳で、三ヵ月ほど前に武庫川《むこがわ》のほとりにある十二階建ての分譲マンションを買ったばかりだった。

武庫川を渡れば宝塚市なので、Aさんが共働きの奥さんと貯《た》めたお金を頭金にして、三十年のローンで購入したマンションは、伊丹市の北のはずれに位置していた。

そのマンションは、かろうじて倒壊をまぬがれたが、いたるところにひびが入り、Aさんの言葉を借りれば、指でほんの少し押しただけで大音響とともに壊滅しかねない状態になっていた。

役所の調査でも、Aさんのマンションは、もっとも危険な被害建築に指定された。

けれども約百所帯の住人のほとんどは、そのマンションから出ていかなかった。危険だと言われても、なんとか住むことができるのならば、そこで暮らす以外にない……。多くの住人はそう考えたのであろう。

いずれは壊して、新しいマンションに建て直さなければならないが、いったい誰が建て直してくれるのか。ほとんどの住人には、払いつづけなければならないローンが残っている。

そんな苦衷をかかえて、自分の住まいのことのほうが大変なのに、Aさんは私たち一家の引っ越しを手伝ってくれたのだが、その際、奇妙な話を何気なく口にした。

自分のマンションの窓から武庫川を見おろすと、対岸の河原に数人の死体が放置されているというのだった。

「地震の日から、そこに放り出されたままなんですよね」

「死体が？　地震が起こって一週間もたつのに？」

「ええ。ぼく、毎朝、それを見てから出勤してるんです」

「地震で死んだ人だよね」

「それ以外に考えられませんよ。対岸の宝塚市は被害が大きかったですから」

「役所や警察は、なんで放置したままなんだ？　近くの人も知らんふりなんて、そんなことがあるのか?」

「どうしてなんでしょうかねェ」

そんなことがあるわけがない。Aさんは大地震で精神に異状をきたしたのではないか。あるはずのない死体が、Aさんにだけ見えているのではないのか……。

私はそう思ったし、Aさんが帰ったあと、家人もみな似たようなことを言った。救援隊がどうしても近づけない場所ならいざ知らず、陥没してはいても、人が歩ける武庫川の河原に、数人の死体が放置されたままだとは信じ難かったのだった。

翌日、電話で私はその話をある編集者に言った。するとその編集者は、政府の無能ぶりを見ていると、案外、そのようなとんでもない事態があちこちで起こっていそうな気がすると言った。

「ご自分の目でたしかめに行かれたらどうですか?」

「うん、行ってみようかな」

しかし、車が通れる道は寸断されていたし、私も地震のあと、ひどく疲れてしまって、徒歩で武庫川のほとりへ行く気力はなかった。

それだけではなく、私には野次馬根性も面白がる気持もまるでなかったにしろ、死体があるのかないのかをたしかめにいく行為そのものさえも許されないことのように思われた。

だから、私は武庫川のほとりに行かなかったが、何日も河原に放置されたままだという死体は心から去っていない。

地震から一年がたとうとしている。本当に数人の死体があったのかどうか、いまもって謎《なぞ》である。

1996.1

歳相応は難しい

これまでずっと、私は年齢にふさわしい顔を持たなかったと思う。

幼いころは丸みがなく、線が細く、それはそのまま私という人間をあらわしていたが、どこか少年らしくなかった（と父はいつも言っていた）。

芥川賞を受賞した当時は、肺結核を患《わずら》っていたせいもあるが、険があって、尖《とが》っていて、目つきもすさんでいる。

これは痩《や》せているからだと思い、太る努力をしたところ、頬に肉がつきすぎて、自分ではないような顔になってしまった。いまは、減量して、普通の肉づきになったが、いずれにしても歳相応に、もしくは歳よりも老《ふ》けて見られたことは一度もない。

若く見られて結構じゃありませんかと言われるが、いつまでたっても青二才で、精神年齢が低いと言われているようで、あまり嬉《うれ》しくない。私は、自分の顔が大嫌いである。歳相応というのは、顔に限らず、何事につけても難しいことだなと思う。

1996.3

あうんの坩堝《るつぼ》

私は神戸に生まれたが、物心ついてからは大阪で育った。幼かったころは大阪市北区中之島《なかのしま》で、中学生になるころには福島区上福島で、といった具合である。

大阪の市内から住む場所を変えたのは大学生のときだったが、それとても大阪府大東市というところで、現在住んでいる兵庫県伊丹市に引っ越したのは二十五歳であったから、私の人生の基礎、もしくは人生的がらくたの大半は、大阪の風土から与えられている。つまり、いかんともしがたく、どないにもこないにもならんほどに、私のなかにあるものは大阪的であり、骨の髄から大阪人だということになる。

子供のころから、「わたしは街の子、巷《ちまた》の子……」という美空《みそら》ひばりの歌を聴くと、それは自分のことではないのかと思ったりした。

いまでも、その一節を耳にすると、私はたちまち少年に戻って、大阪の下町を息を弾ませて歩いていく自分のうしろ姿を尾行しはじめてしまう。

そんな自分のうしろ姿を取り巻く風景は、すべて下町であって、包み隠しのない生活の坩堝だらけなのだ。

大阪の市内にも、いわゆるお屋敷町という地域がまったくないわけではないのだが、阪神間の地図を眺めると、大阪という大きな下町が、そこだけ楽天的な色合いで屹立《きつりつ》しているかに思える。

そのような気がするのではなく、実際、大阪はあらゆる場所がすべて下町なのである。下町だらけというよりも、下町によって作りあげられた町といったほうがいいかもしれない。

この数年、関西系お笑いタレントがテレビの番組を席捲《せっけん》している。

露骨な下ネタで笑いをとったり、会話の妙とは程遠いやりとりを見ていると、ああ、このタレントはよそ者だなとわかってしまう。どこか他の地域の文化が混じった人だと思ってしまうのである。

ひとりでぼけて、ひとりでつっこむという大阪人気質には、元来、下卑《げび》たところはないのであって、自分への諧謔《かいぎゃく》、お上への嘲笑《ちょうしょう》、世間への憐愍《れんびん》と同情などを笑いと化して、ひとりでキャッチボールをしながら、そのときどきの厄介事をいなす術《すべ》であろうと私は思っている。

だから、ごく普通の頭脳を持っている大阪人なら、いまのお笑いタレントの馬鹿《ばか》話よりもはるかに面白い会話をいつでも披露できるのである。

喋《しゃべ》りの間《ま》、話題、つっこみ方、ぼけ方、品が悪くなる一歩手前での切り返し……。それらは、生活の坩堝である下町の営みのなかで、ごく自然にはぐくまれてきたものだ。

持って生まれた個々の性格はあるにせよ、生粋の大阪人は、みなすぐれたお笑いタレントだといえる。

私が住んでいた福島区上福島に、阪神電車の〈あかずの踏切り〉があった。並大抵の〈あかず〉ではない。雨の日などは、逆上して傘を線路に放り投げたくなる。

「タイガースがあかんのは当たり前でっせ」

隣に立っていた見知らぬおじさんがつぶやいた。

「あかずの踏切りばっかりや。うちの嫁はんも、もうあけんといてくれたらええのに……」

そのうしろにいた人が、

「ホチキスでとめといたらどないだす。タイガース、けちやから、選手が怪我《けが》しても、ホチキスでとめてバット振らすそうでっせ」

とつぶやいた。二人は踏切りを渡ると、そのまま別々の方向へ歩いていった。

大阪のいたるところで、このような会話が繰りひろげられている。大阪の町は、庶民のあうんの呼吸が充満しているということになる。

1996.4

橋の上で尻《しり》もち

私は神戸の灘《なだ》区に生まれた。阪神淡路大震災で火の海になったところから少し山側へ行ったところである。

だから、神戸の海が見えて、六甲山系をあおぐ阪神地区一帯の風景は、私という人間の思い出の出発点となっている。

母は、生前、この阪神間のたたずまいが好きで、大阪市で暮らすようになっても、折にふれて、夙川《しゅくがわ》や岡本や芦屋や御影《みかげ》の坂道へ行きたがった。経済的に恵まれていたころの思い出は、つねに六甲山系と神戸の海が同時に眺望できる坂道につながっていたのであろう。

夙川沿いの桜並木も、母が愛した風景のひとつだった。大地震で見るも無残な地と化したが、ようやく元の姿に戻りつつある。

倒れかけた松の大木が、倒れかけたまま新たに根を張って、夙川を覆《おお》うように枝を拡《ひろ》げていた。

「播半《はりはん》」は、この夙川をずっと山のほうにのぼって行ったところに、昔日《せきじつ》の面影を壊すことなく存在している。

小学生のとき、私は父と母につれられて「播半」へ行った。おそらく、父の取引先のご招待だったのだろう。

その日は寒く、「播半」のお庭に架けられた木の橋に霜が張っていて、私は橋の上で尻もちをついた。

それから三十数年を経て、私は「播半」に招かれる機会を得た。大きな橋という意味で「翁橋《おきなばし》」と名づけられたその橋を玄関のところから目にした瞬間、尻もちをついたときのことが甦《よみがえ》り、しばらく立ちつくしていた。

「播半」の建物は、あの大地震でもびくともしなかったという。

1997.6

人生のポケット

平成七年一月の阪神淡路大震災で、私の家は斜めにひしゃげて、居住不能となってしまった。

あの大変な騒動の最中、とりあえず当座に必要なものだけを家のなかから取り出さなければならなかった。

私の持ち物において最も多いのは、本である。仕事柄、それは当然なのだが、この本というやつ、じつに重い。

これは要る、これは要らない、などと選択している余裕なんかなかったので、いつ天井が落ちてくるか、いつ書斎の床が抜けるかと怯《おび》えながら、本という本をすべて家の外に運びだすのに三日ほどかかった。

あちこち捜し廻って、やっとみつけてきた賃貸の倉庫に、家具や台所用品や、当面、必要でないものと一緒に、大量の本を収納して一年半後、新しい住まいが完成して引っ越した。

手伝って下さった人たちが、ダンボール箱数十個分の本を書庫に運び入れ、単行本と文庫とを区分けして並べてくれた。

数週間後、いちおう片づけの終わった新しい書庫に入った私は、文庫本ばかりが並べられた棚の前から動くことができなくなった。いつ買ったのか思い出せない文庫本がたくさんあったからだった。

けれども、手に取ってみると、たしかに自分で買って読んだ文庫本で、これは中学生のとき、大阪の××区の本屋で買ったのだ、とか、これは高校生のとき、京都の本屋で買ったのだ、とかを少しずつ思い出し始めた。

数ページ読んだだけでやめてしまったのもある。何回も繰り返し読んだものもある。いずれにしても、それらは間違いなく、中学時代、高校時代の私のポケットに入っていたことのある文庫本だった。

地震でこわれた家の書斎や書庫では、大きくてぶあつい本の陰に隠れ、私の視界から消えて、埃《ほこり》まみれになって沈黙していたのだが、新しい家に引っ越したことで、再び私の前に姿をあらわしたのだった。

「お前、おれのことを忘れちまいやがって……」

そう語りかけてくる手垢《てあか》で汚れた文庫本が、恩知らずな私に冷笑をも投げつけてくる。

「お前の知らないことを、いっぱい教えてやっただろう。それなのに、おれのこと、忘れやがって」

一冊一冊の文庫本が、私にそう言うのだった。

私は、それら文庫本たちに返す言葉がなかった。たしかに私は恩知らずな不実な人間だった。

人間の謎《なぞ》を、未知の世界を、知性というものを、業苦《ごうく》というものを、恋の陶酔を、悪を、闘いを、思考を、つまり、私は、ありとあらゆる営みへの不可知な階段を、これらの文庫本によってのぼり始めたのだ。

若かった私の人生のポケットは、文庫本という豊饒《ほうじょう》な世界を抜きにしてはあり得なかったのだ。

1998.7

心根《こころね》の変化

子供や青年たちの精神的荒廃は行き着くところまで行き、いったいどうしたらいいのか、おとなたちはお手上げといったありさまであるらしい。

それにはさまざまな重層的な原因があるのであろうが、私の周りに限って言えば、そこから脱却するための胎動が、若い人たちのなかで起こりつつあるような気がする。

自分たちは、このままでいいのか。世の風潮に、いいように染められていていいのか。自分たちが求めようとしているのは、もっと高邁《こうまい》で真摯《しんし》な何物かではないのか。

そのような疑念が、若い人たちのなかで、やむにやまれぬエネルギーとなって、動きだしていることを、私は私の周りに感じるようになった。

若者たち本来の心根が、あまりに低級で刹那《せつな》的な、あきれるほどに身勝手で私利私欲だらけの世の中に、侮蔑《ぶべつ》の目を向け始めている。

いやいや、それは希望的観察にすぎないと人は言うかもしれないが、私は若者たちの胎動に確信を持っている。それは私の勘である。

若者は口にこそ出さないが、「よきおとな」から、多くの事柄を学び取りたいのだ。だから、新しい世紀は、懐《ふところ》の深い、知性と経験を積んだ「よきおとな」の育成こそが求められている。

人情の機微を知り、挫折《ざせつ》を知り、多くの人間学に長《た》けた、雑学の宝庫のようなおとなが生まれていくならば、そのあとにつづく若者たちもまた、そこから「人間のふるまい」や「心根の大切さ」を学んでいくであろう。

未来は若者に託すしかないのだが、そのためにこそ、我々おとなたちが、みずからの心根を磨かなくてはならない。もっともっと学び、胆力を鍛え、正義を行なわなくてはならない。

いま、新しい世紀のために、おとなたちがふるいにかけられているのだ。若者は、おとなが思うほど頼りなくはないのだ。

私は新しい世紀に、希望と楽しみを抱いている。

1998.10

軽井沢日記

一九九八年七月十二日(日)雨。

長男の結婚が正式に決まったので、相手のご両親と初顔合わせ。梅田のホテル内の寿司《すし》屋で長男、婚約者とそのご両親、私、妻の六人で食事。

結婚式と披露宴に金をかけるのは馬鹿《ばか》らしいという意見で一致。

うちのお嫁さんになる利恵ちゃんのお父さんは警察にお勤めで、変則勤務なので、初顔合わせは今日になった。

どちらも最初は少し緊張していたが、酒が入るうちに打ち解けて、もう結納なんてややこしいこともなしにしようということになる。このことについては、また後日、あらためて本音をお訊《き》きしなければならない。お二人ともきさくな方で、お父さんは典型的な関西人といった感じだが、やはりセイカンなところがある。

食事を終えると、ホテルで別れ、長男と利恵ちゃん、私と妻の四人で喫茶店に行く。

四時前に帰宅。酒を醒《さ》ますために一時間ほど寝て、毎日新聞の朝刊に連載中の「草原の椅子《いす》」二回分を書く。あしたから軽井沢なので、もう少し書き溜《た》めたいのだが、筆進まず。夕方、妻と参院選の投票に行く。

妻は夕食後、私の軽井沢行きの準備を始める。妻が軽井沢に来るのは七月二十八日の予定。

夜、すでに自民党大敗の開票速報に釘《くぎ》づけになる。考えてみれば、日本の総理大臣に社会党の委員長が就任して以来、この国にはろくなことがなかった。阪神淡路大震災、オウム、底なしの不景気。そういう厄病神的人間というのは確かに存在するものだ。

みんなが寝てからも選挙速報を見つづけ、そのあと、ワールド・カップの決勝、ブラジル対フランス戦の前半を観《み》る。最後まで観たかったが、そんなことをしたら、予定の時刻に起きられないので、朝の五時半に床につく。最後まで観たかったなァ……。

七月十三日（月） 晴。

きょうから軽井沢。AM十一時半に出発予定だったが、私がぐずぐずしていたので十二時過ぎになる。朝の五時半までワールド・カップ決勝を観ていたのは、どこの誰か。

眠くてたまらない。

軽井沢で仕事をするのは九月半ばまでの予定なので、秘書の橋本剛くんが忘れ物はないかと何度もチェックしている。

車の後部座席もトランクも荷物で満タン。

おとしまでは中央自動車道の諏訪《すわ》で降り、蓼科《たてしな》経由で望月町まで出て、そこから岩村田を通って国道18号線から軽井沢入りしていたのだが、上信越自動車道が出来たので、岡谷ジャンクションから更埴《こうしょく》まで行き、そこから小諸《こもろ》まで行き、浅間ヴィーナス・ラインという道で信濃追分《しなのおいわけ》の近くに出るというルートを使う。以前よりも約一時間の短縮。

出発の際、マック（アメリカン・ビーグル犬。オス。15歳）が玄関まで送りに出て来る。自分で暑いところに出て来るのは珍しい。

以前はマックも一緒に軽井沢での生活をおくっていたのだが、もう歳《とし》を取ってしまって、車での長道中は体力的に無理。それに伊丹の家とちがって、軽井沢ではつないでおかなければならず、マックにとっての軽井沢での生活は迷惑なのだ（と、私たちは思っている）。

「マック、元気でこの夏を越してくれよ」と言って出発。マックの衰え方を見ると、いつ突然の別れが訪れても不思議ではないと感じる。伊丹に帰り、マックと再会するたびに、ああ、生きていてくれたかと思う。

真子ちゃんの住まいの近くで真子ちゃんが同乗（真子ちゃんは、我が家の家事を手伝ってくれてもう十六年。みんな真子を名前だと思っているが、じつは姓なのだ。真子イッ子さんなり）。

車中、ラジオでは昨日の参院選における自民党大敗の原因について、さまざま議論をしている。国民の多くが、自民党というもの、そして政治家どもに、あきあきして、怒ってしまったのだ。

名古屋の手前あたりで、橋本総理の退陣の記者会見を聞く。なんだか子供みたいな人なり。

道がすいていたので夕方の五時半に到着。ステンレス製の郵便受けが、ぺちゃんこにつぶれている。わざわざ堅牢《けんろう》なのを選んだのに。誰かがバットで叩《たた》きこわしたとしか思えない。

霧が出て来て気温は十五度。三十五度の関西から来たばかりなので、寒くてセーターを着る。

無事に着いたことを電話で妻に伝え、ハシくんと真子ちゃんと三人で家中の雨戸をあけ、空気を入れ替えてから、バイパス沿いの韓国料理店「南大門」へ行く。店主の伊藤一洋さんも奥さんの圭ちゃんも元気そう。

まだ軽井沢の本格的な夏は始まっていないので、圭ちゃんと二人で店を切りもりしているが、今週の土、日から手伝いの人が来るという。

あした、一洋さんと中軽井沢CC.でゴルフをしようということになる。もうずっと仕事仕事で神経が疲れ切っているので、ゴルフをしたくてたまらない。体を動かし、汗をかき、緑のなかを歩き廻らなければ、この芯《しん》から溜まった疲れは取れそうにない。

梅雨前線はいっこうに去る気配がないので、夏の訪れは遅いかもしれないと一洋さんの弁。じつはこの伊藤一洋さん、肉類とニンニクが大嫌い。キムチなどの辛い物も駄目。魚類さえ食べさせておけば、それも若い美人が一緒ならば、この世は春という御仁なのに、韓国宮廷料理店のオーナーとはいかなることか……。

ウィスキーのお湯割りを二杯飲み、あさりのスープとロース焼肉、ニンニク焼き、石焼ビビンパを食べる。でも石焼ビビンパは食べ切れず、ほとんど残した。

八時半に帰宅。寒くて床暖房を入れる。真子ちゃんにご飯をたいておいてもらって、書斎のベッドで少し寝る。軽井沢に来ると途端に眠くなるのは、空気がきれいで、時間がゆっくり流れて、尖《とが》っていた神経がやすらぐからだろうが、ことしの仕事の疲れはいささかひどい。新聞連載、文芸誌での連載二本、女性誌で一本。それに加えて、シルクロードの紀行エッセーが週に一本。合わせて五つの連載なんて、作家になって以来初めてなり。

十二時半に目を醒まし、冷奴《ひややつこ》をおかずに少しご飯を食べ、二時に蒲団《ふとん》にもぐり込む。樹々《きぎ》の露があちこちで落ちつづけて、雨かと錯覚する。

七月十四日（火）晴のち曇。そのあと濃霧。

八時半起床。ハムエッグと味噌汁《みそしる》でご飯一膳《ぜん》を食べ、中軽井沢C.C.へ。

キャディさんが、七月に入って、こんなにきれいに浅間山が見えるのは初めてだと言う。

9：35。アウト、スタート。一洋さん、ボールの頭ばかり叩いている。ハシくんは、ボールが右にふける症状から立ち直っていない。ハシくんは重症だ。私はいつもと変わらず、ド下手。最初のロングで八つ叩く。

どんなにミスを重ねようとも、私と一洋さんとは、つねに相手を讃《たた》え合い、なぐさめ合って廻る。そして馬鹿話ばかりしている。やっぱり五十を切れなかった。ボール三個、どこかへ消えて行った。

ハーフを終えて食事をとっていると、朝海直子さんがやって来た。ゴルフをしに来たのではなく、別の用事で来たらしいが、声がかすれている。東京でひどい風邪をひいて、それはいっこうに治らず、医者からゴルフを禁じられているという。治ったら、またご一緒しましょうと言って帰って行かれた。

朝海さんはとてもゴルフがお上手なので、私がグロスで勝てる日は、たぶん永遠に訪れないであろう。朝海さんのご主人はシングル級だと一洋さん。うーん、それは困るなァ。なんだかことしの夏は、朝海ご夫妻にボロボロにやられそう（まあ、当然だけどね）。

ゴルフを終えたころ、霧が出て来る。シャワーを浴びて、そのまま軽井沢駅へ。四時にアントン・ノブオ・ブルマーくんと待ち合わせをしている。

ノブオくんは、故アントン・ブルマーの一人息子で、お母さんの君子さんとは、お友だちになってもう十五、六年たつ。

ノブオくんのお父さんは、息子がまだ七、八歳のとき、帰宅途中のアウト・バーンで交通事故死した。私にとっては忘れ難い親友だ。

ノブオくんとは、もう十二、三年前にミュンヘンで逢《あ》ったきりだが、日本人とのハーフのドイツ人青年を捜せばいいと思って駅に着くと、七、八歳のときの面影をそのまま残した二十歳の青年がすぐにみつかった。

ことしの秋、大学に入学するので、それまでの休みを利用してひとりで来日したという。上田市に叔母さんが住んでいて、そこに泊まっている。

車に乗るなり、「軽井沢はぼけてるね」と言う。意味がわからず、霧がかかっていることの表現かと勝手に解釈するが、あとで真意がわかる。どうしてこんなところが日本の有数の避暑地なのかという意味だった。

日本に行ったら宮本輝さんに逢いなさいと言われて来たのだが、何を話したらいいのかわからない様子。私も共通の話題がなくて、聞き役に徹する。

自分がドイツ人と比して背が低いのは、日本人の血が半分入っているからで、日本人と比して顔の彫りが深いのは、ドイツ人の血が入っているからと言う。

「日本人の血が入ってて申し訳ないね」と言いかけてやめた。

我が家のこわれた郵便受けを見るなり、「金持ちを憎んでる人は多いから」と言う。なんだか、ケンカを売りに来たみたいだなと、おかしくなる。きっと緊張しているのだろう。

日本語が上手ではなく、歳の離れた相手といったいどんな話をしたらいいのかわからなくて、そんな物言いをしてしまうのであろう。

亡《な》くなったお父さんのことに話題が移ると、「父は急ぎすぎた」と言う。生き急いだということだろうか。それとも単純に、帰宅を急ぎすぎたということか。私には心にひっかかる言葉だったが、黙って聞き役に徹する。しかし、やはりそこのところは聞き流せなくて、「急ぐって、あまりにも若く死んでしまったってこと？」と訊いてしまう。どうもそれだけではないらしい。拙《つたな》い日本語では伝えられない思いがあるのだろう。

お母さんから逢うようにと言われた人ばかりに逢うのなら、あまり楽しい日本の旅じゃないねと言うと、「楽しい旅は、ヨーロッパに帰ってから、ギリシャやイタリアでするよ」と返される。正直な言葉に、ただ苦笑するのみ。このようなところが、日本と欧米との決定的な違いだ。

七時くらいまでビールを飲みながら話し、私と一緒では疲れるだろうと思って二階にあがる。歳の近いハシくんと食事をとるほうが気楽だろうと思ったからだ。

疲れていたので、書斎で寝てしまう。目が醒めると九時半だった。慌《あわ》てて階下に降りると、ノブオくんは上田市の叔母さんの家に帰ったあとだった。申し訳ない気持になる。

夜中に雨が降りだす。まだ読んでいない芥川賞候補作二篇を読んで、三時に床につく。雨、烈《はげ》しくなる。

七月十五日（水）　終日、雨。

十一時に起きる。メンタイコと玉子焼き、メザシ、味噌汁で朝昼兼用の食事のあと、「草原の椅子」を二回分書く。

掃除機がこわれた。もう古くて寿命が来ていたので、ハシくんの運転する車で買いに行く。ベランダも腐りかけていて危ない。郵便配達の人が、郵便受けがぺちゃんこになった理由を教えてくれる。大雪のあと、樹につもった雪が落ちたとのこと。この堅いのが、雪でぺちゃんこにつぶれるんですか？　と訊くと、雪って、凄《すご》いんですよと言う。ことしの軽井沢の雪は水気が多かったらしい。

夕方、伊丹の家に電話をすると、たったいまノブオくんが着いたとのこと。ＪＲ伊丹駅まで妻が車で迎えに行ったらしい。伊丹の家には、長男も次男もいるので、ノブオくんにとっては気はらくだろうと思う。今夜は伊丹の家に泊まって、あしたは四国へ行くそうだ。

晩ご飯を食べ終ったとき、「文學界」の庄野編集長からＴＥＬ。あしたの選考会の打診。今回は推したい作品がないと伝えると、ちょっとムカつく言葉を言い返しやがったので、あした逢ってから、あの一言は腹が立ったと伝えようと思う。だが、きっと言わないだろうな。

夜中に大きな蛾《が》がガラス窓にぶつかりつづける音で目が醒める。三時半なり。このままでは眠れそうにないので、階下に降り、真子ちゃんを起こさないようにボリュームを下げてテレビを観る。NHKで、南米に移住した日本人たちのドキュメンタリーをやっている。日本が豊かになりすぎて失なった物は多いが、貧困や戦争よりはいい。それを痛切に感じさせる番組だった。


七月十六日（木）曇。夜、濃霧。


五時に再び寝て、十一時起床。

芥川賞の選考会は五時から。新幹線で東京へ行くほうがらくなのだが、選考会のあと銀座あたりで飲むと帰りの電車に間に合わず、東京で泊まらなくてはならないので、車で行くことにする。十二時、出発。

首都高速に入るまで順調だったが、首都高速の二ヵ所で事故があったらしく、大渋帯。車はまったく動かない。ハシくんが焦《あせ》り始め、この調子では間に合わないと言う。

車を新しく買い替えたばかりで、カーナビがついていたので、北池袋で降り、カーナビの指示通りに、築地《つきじ》の「新喜楽」へ向かう。

私もハシくんも東京の地理はまったくわからず、もしカーナビがなかったら、到底、五時に「新喜楽」に入ることはできなかった。

パレスホテルの前を走っていると、庄野さんから携帯にTEL。「首都高で事故らしくて」と心配声。五分前に、ぎりぎりセーフ。

選考会を終えて、安藤社長に、銀座でご苦労さん会をと誘われるが、私が推さなかった作者二人がたぶん合流するだろうと思い、今夜中に軽井沢に帰りたいのでとお断りして、早々に帰路につく。推さなかったのに、おめでとう、とは言えないもんなァ。

十一時に軽井沢に帰り着く。風呂《ふろ》に入ってから「草原の椅子《いす》」二回分書く。

もう頭のなかはイガイガだらけ。「南大門」の一洋さんにTELして、あしたゴルフに行こうと誘う。雨のゴルフもいいもんだよ。


七月十七日（金）雨。

太平洋クラブ軽井沢コースは三年ぶり。雨なのにゴルフ場は超満員でびっくりする。よくも当日予約できたものだ。一洋さんの軽井沢での人脈なり。

ここはフェアウェイもカートで入れるのだが、二組前の女性二人のプレーがあまりにも遅く、いっこうに前に進めない。チョロして、ボールが五ヤードほどしか転がっていないのに、その五ヤードを進むためにカートに乗りやがる。その繰り返し。私たちのうしろに、延々とカートの列。みんな怒りの表情。女が長生きするはずやで!!

神経をほぐすために、雨なのにゴルフをしたのだが、ストレスを溜《た》めて帰って来る。下手なのはお互いさまやけど、最低限のマナーくらい、誰かに教えてもらえ。

晩ご飯は、肉じゃがとアジの塩焼き。「草原の椅子」二回分書き、三時半就寝。雨と風、烈しい。

七月十八日（土）晴。

やっと晴れた。でも仕事。

天気が良くなって、土曜日なので、今日から軽井沢に人が押し寄せそう。こんなときは、家にいるほうがいい。国道も旧軽も、にっちもさっちもいかない混雑であろう。「草原の椅子」二回分書いてから少し昼寝。ゴルフ・シューズが乾かなくて、真子ちゃん困っている。昼から夕方まで、真子ちゃんとハシくんは庭の草刈り。

私は、夕刻から幻冬舎の「星星峡」で連載している「星宿海への道」を書く。締切りは二十日。五時間で四枚しか書けなかった。頭がくらくらする。

九時に晩ご飯。薄切りロース肉のバター炒《いた》め。サラダ。カボチャの味噌汁。ご飯一膳半。

真子ちゃんは十時半に、ハシくんは十一時半に、それぞれ自分の部屋に行く。私は風呂に入ってから、二通手紙を書く。二通ともお礼状。

霧で誘蛾灯の光さえおぼろ。天気予報では、梅雨前線が北陸から東北にかけて居坐《いすわ》っていて、夏が来ないまま秋になりそうな案配だとのこと。寒くて、床暖房を入れる。テレビの深夜番組を観《み》ながら、ウィスキーのお湯割りを二杯飲む。水着姿の女の子たちが騒ぎまくっている番組を三局でやっている。その女の子たちの体型が、みんなおんなじなのを不思議に思う。食べ物のせいか、おつむの中味のせいか。三時に床につく。

七月十九日（日）晴。

きょうは暑い。「いやァ、やっと軽井沢にも夏が来たなァ」と真子ちゃんに言ってから、床暖房を入れたままなのに気づく。真子ちゃんもハシくんも、朝から草刈りをしていて気づかなかった由《よし》。暑いはずやがな。

午後、「星宿海への道」を八枚書く。

夕方から霧が出て来て、なんだか何をする気もなくなる。軽井沢の夕刻の霧は、急に気温を下げるので、人間をウツ的状態にさせるようだ。

夜になって、さらに霧は深くなる。「草原の椅子」を書くために書斎に入るが、まったく書く気がしない。

八時に晩ご飯。寒いので今夜は鍋物《なべもの》。

早めに蒲団《ふとん》に入って、「ひとたびはポプラに臥《ふ》す」の資料を読む。

長男と利恵ちゃんは、お盆休みに軽井沢に来るという。次男は友だちをつれてそのあとに来る。どうやらことしのお盆は、お客さんで一杯になりそうだ。ハシくんに元気がないのが気にかかる。まだ二十七歳で、ひと夏を私のために軽井沢ですごすのは、つらいものがあるのだろう。せめてお盆には一週間くらいの休みをあげなくてはと思う。

霧は雨になり、どこから入って来たのか、小さな虫がたくさん天井のところで飛んでいる。仕方なく殺虫剤をまく。匂《にお》いが気になって、書斎のベッドに移る。

七月二十日（月）曇。

「草原の椅子」三回分書く。近くの道を通る車が多いので、どうしたのかと思っていると、きょうは祝日とのこと。「海の日」だという。

夕刻から「星宿海への道」を七枚書く。

京都の料亭、高台寺・和久傳の女将《おかみ》、桑村綾さんからTEL。ことしは、七月三十一日から二泊で遊びに来るとのこと。綾さんとは家族ぐるみのおつきあいだが、軽井沢の我が家に泊まりがけで夏休みをすごすようになったのは去年から。料亭で女将が座敷に顔を出さないのは三日が限度。四、五日、涼しい高原でゆっくりしたいが、そうもいかないという。さもあらん。八月一日にゴルフをしようと約束する。

夜、何冊か本を読み、手紙を二通書く。また霧雨。夥《おびただ》しい数の羽のある小虫の侵入。こんな虫、いままで見たことがない。


七月二十一日（火）晴。


「星宿海への道」を書きあげ、あまりにお天気がいいので、三時半に電話で予約して「晴山ゴルフ場」へ。ここはハーフだけでもラウンドできる。ハシくんと二人で、手押し車のようなものにゴルフ・バッグを積み、それを自分で引いて九ホールを廻る。

久しぶりに、雲のかかっていない浅間山を見る。

ハシくんの「右へのフケ」は重症。以前はドライバーで二百六、七十ヤード。五番アイアンで二百ヤードを曲げずに飛ばしていたのに、いまは私よりも飛ばない。「どうしたらいいんでしょうねェ」と訊《き》かれて、「お前、何か私生活で悩みでもあるんとちゃうか」と言ったら、意味ありげに苦笑しやがった。

「まあ、頑固者やからなァ。人が、ああせい、こうせい、と手取り足取りで教えても、言うこと聞きよれへんからな。勝手にずっと悩んどけ。それより、俺のスリーパット癖、なんとかならんかなァ」

そしたらハシくんは、「あれこれとパターを換えるからですよ」と抜かしやがった。ホットケ！　道具を換えるのは、オレの趣味なんや！

夜、久しぶりに中軽井沢の「スイス」で食事。ここのハンバーグ・ステーキはお勧めだ。

三年前まで、我が家から歩いて五分のところに「カールセン」という北欧料理店があって、私も家族もとても好きだった。ファンが多くて繁盛《はんじょう》していたが、オーナーの木村さんは、疲れて少しゆっくりしたいという理由で、惜しまれながら店を閉めたのだ。「カールセン」が店を閉めた夏、連日、閉店を惜しむ昔からの客で一杯になった。「カールセン」がまた復活してくれればいいのにと思う。

「スイス」から帰って来ると、「南大門」の一洋さんからＴＥＬ。まったく店に来ないのは冷たいではないかと怒られる。いま「スイス」で晩ご飯を食べて来たとは言えなくて、仕事が忙しくてと誤魔化す。ゴルフに誘ってくれるが、二十八日までに仕上げなければならない原稿が約五十枚。だが体のためだと思い、二十三日にゴルフの約束をする。

クッソー！　今月の締切りが終わったら、遊んでやるぞォ。そやけど、新聞の連載があるからなァ。

私は、ゴルフをしているときだけ、小説のことを忘れていられる。不思議なくらい、小説のことから完全に自分を解放できる。

いまのところ、ゴルフ以外に、小説のことを忘れていられる遊びは、私にはないのだ。それなのに、メッチャクッチャ、下手くそやねん。天才的に下手やねん、ちゅうねん。

せめてもう少しうまくなるために、雨の日は練習場に通うことにしようと、日記には書いておこう。

三時に床に入る。

七月二十二日（水）曇、のち霧雨。

終日、仕事。「草原の椅子」二回分書き、芥川賞の選評を書く。

七月二十三日（木）晴。

やっぱり日頃の行ないがいいのだ。晴れた、晴れた。浅間山がきれい。そして、きょうはゴルフ。私とハシくんと一洋さんの三人なので、やっとしつこい風邪が治った朝海直子さんもご一緒して下さる。

朝海さんは、去年だったか、おととしだったか、ここでホール・イン・ワンをやってのけた強者《つわもの》であるが、やはり病み上がりの体調で、調子がよろしくない。ヒッヒッヒ、これなら勝てる、と思ったが、ボロボロに負けた。でも楽しいゴルフで、二回いいショットが打てた。49と52。いやァ、望外の喜び。

朝海の直ちゃんは、さすがに終わり近くに疲れが出てきたみたいで、カートに乗ってもいいでしょうかとおっしゃったので、「どうぞ、どうぞ」とみんなでカートに運んだ（というのは嘘《うそ》に近い）。

上がって、レストランで冷たい物を飲みながら、朝海さんが、軽井沢にいるあいだに、主人と一緒に一度いかがとおっしゃるので、「勿論《もちろん》、喜んで。私が、ゴルフが何たるものかをご主人に教えてあげましょう」なんて調子に乗って言ってしまい、家に帰ってから、ヤバイことを言ったなァと恐怖を感じる。

「なんで止めへんかったんや」とハシくんにからんだら、「だって、すでに口から出てしまった言葉を、ぼくがどうやって止めるんですか」と言い返される。

「それを止めるのが、秘書の仕事やろ」

「そんな無茶な……」

きょうは、仕事をしない。「文學界」の連載「睡蓮《すいれん》の長いまどろみ」に取りかからなければならないが、きょうは書かないぞ、と叫んで、ウィスキーのお湯割りを飲みかけたとき、「草原の椅子」のストックがないことを、ハシくんが耳打ちする。いやなやつ！　せっかく忘れてたのに。

「あと何日分あるんや？」

「三日分です。でも、朝刊ですから、厳密には二日分しかないってことになるんです」

「えっ！　そら、あかんがな」

「はい、あかんのです」

「なんやねん、その冷たい言い方」

「でも、ゴルフをしてる最中には、言ってはいけないと……」

「……うん、ありがとう」

私は二階の書斎に入り、「草原の椅子」を書こうとしたが、そのためのモチベーションは、ゴルフ場に捨てて来たのだ。

つまり、「こっち側」から「あっち側」へ渡るための機関車が動かなくなっている。その機関車を、ゴトン！　と動かすために、随分時間がかかったが、三回分を書く。

書き終えたのは八時前。

「向こう岸」へ渡ってしまった自分を「こっち岸」へ戻すのは、酒だ、酒だ。

今夜のおかずは、小芋、レンコン、コンニャク、ニンジン、サヤエンドウ豆、等々の煮物。お中元でいただいた「こだわり」の焼き豚。ワカメの味噌汁《みそしる》。

「これが、なんで『こだわりの焼き豚』やねん。ご飯は、もうちょっと柔かく炊《た》いてくれ。この煮物、レンコンが固いし、塩っ辛い」

と真子ちゃんに言ってしまってから、そんなことを言った自分が、いやになる。

真子ちゃんは苦労人で、もう心得ているので、別の焼き豚があるとか、煮物を、もう一度、やり直しましょうと言って、台所へ行く。それでも、私は私の機嫌を直すことができない。

新聞小説の連載なんか、もう二度としないと固く決意する。

七月二十四日（金）終日、雨。

夕刻「ひとたびはポプラに臥す」を書く。

夜、「草原の椅子《いす》」を二回分書く。

妻からＴＥＬ。マックが元気がなく、おしっこを垂れ流して、家中、マックのおしっこだらけとのこと。

「年寄りが、ションベンで失敗するのは当たり前のことやろ」と怒鳴ったら、「そのお言葉、おぼえておきます」と言いやがる。そして、どうしてそんなに機嫌が悪いのかと訊く。「オレは小説を書く機械やないんや。オレは人間なんや」と怒鳴り返す。あなたが人間であることは私がいやというほど知っていると言い返しやがって……。きょうは、もう寝る。飲んでやる。

七月二十五日（土）曇のち晴。

「草原の椅子」二回分を昼書き、「文學界」の「睡蓮の長いまどろみ」に、夜、取りかかる。

七月二十六日（日）雨。

午後三時から「草原の椅子」二回分書く。夕刻、少し寝てから、「睡蓮……」を八枚書く。疲れて、頭がふらふら。


七月二十七日（月）一日中、霧、ときどき雨。

終日、仕事。あした、妻が来る。性格に似てアバウトな運転をするので、電話でしつこいくらいに安全運転を念押しする。


七月二十八日（火）曇。

朝、これから出発するという妻からTELがあったが、私はまだ寝ていた。十時に出たというので、たぶん夕方の五時くらいに着くだろうと計算して、それまでに「睡蓮……」を書きあげてしまおうと、食事のあと、すぐに書斎に入る。

PM3：00、妻からTEL。いま更埴のジャンクションから上信越道に入ったという。風景がきれいで、楽しいドライブだと機嫌が良さそう。CDをガンガン鳴らしている。

五時に「睡蓮……」を書きあげ、目がひどく疲れたので、ベッドに横になって、目を閉じていると、また妻からＴＥＬ。右側に妙高高原が見えているが、軽井沢の近くに妙高なんてあったかと言う。

妙高って新潟やないか！　更埴で上信越道を逆に入って、日本海の方へひたすら走りつづけたらしい。そこまで行かなわからんかなァ。あきれかえってしまう。

妻が着いたのは七時半。まともに来たら４６０㎞くらいなのに６７０㎞も走って、もうへとへとだが、山並の景色をマンキツして楽しかったと言う。「南大門」の圭ちゃんに逢《あ》いたいと言うので、少し休んでから、「南大門」へ行く。

「南大門」は忙しそうだったが、一洋さんは不在。圭ちゃんが汗まみれになって調理場から出て来て、この忙しいときにどこに行ったのかわからないと、一洋さんへのありとあらゆる文句をぶちまける。

妻が笑いながらなだめていると、一洋さんが帰って来て、「いらっしゃいませェ」とヘラヘラ笑う。それを見て、圭ちゃんがさらに怒りだす。「このヘラヘラ笑いめ！圭ちゃんに謝れ」と私が一洋さんを殴る真似《まね》をすると、圭ちゃんが、「先生は、そうやって、この人をかばいますね」と大笑いして、調理場に戻る（いやァ、きょうのところは、これで一件落着かな？）。

圭ちゃんは、とにかく明るくて陽気だ。それは何物にも替え難い美徳だ。

　どんどんお客さんが入って来る。「南大門」は超満員になる。入口で待っている人たちもいる。

「南大門」は焼き肉と石焼ビビンパがおいしいと思っている人が多いが、じつは汁物がもっとうまい。テグタン、そして、サンゲタン。

　しかし、それらは、夏の忙しい時期になると、圭ちゃんひとりでは作り切れない。それには時間がかかるからだ。あえて注文すれば作ってくれるが、出来あがってくるのに時間がかかる。

　私は「マンドゥック」というのが好きだ。これをおかずに、韓国風麦ご飯と、キムチと、ニンニク焼きがあれば、あしたもあさっても、なんとか生きられそうな気がする。

　朝海さんご夫妻が、お嬢さんやお孫さんとやって来る。店は、ぎゅうぎゅう詰め状態。

　おうちでは煙草《たばこ》を禁じられている朝海さんのご主人が、私たちの席に来られたので、奥様にわからないように、私がそっと煙草を一本配給すると、教師の目を盗んで学校で煙草を吸う中学生みたいに、朝海さんのご主人は煙を深く吸い込んだ。「隠れ煙草って、うまいんですよ」と大笑い。

あしたは、妻とハシくんと私と一洋さんとでゴルフ。

さすがに670㎞のドライブの疲れが出たのか、妻が眠そうな目をしているので、十時前に家に帰る。十二時に風呂《ふろ》に入り、一時半ごろ寝室に上がったら、妻は熟睡状態。あした雨だったら、オレは怒るぞ！　霧雨に包まれた森は、あちこちで、人間の足音に似た音がする。

1999.4

悲しかった食事

十歳のとき、富山市で一年間をすごした。郊外の大工さんの二階を借りて、そのほとんどを母と二人きりで暮らした。

大阪にいる父からの仕送りは滞りがちで、月末になると生活費が底をつき、母の財布はからっぽ状態だった。

家の前に大きなナスビ畑があり、夕方になると畑の持ち主が実ったナスビの収穫を始める。

夏休みに入ると、母は、その農家の主婦に、二、三日したら必ず代金を払うからと頼んで、穫《と》れたてのナスビを籠《かご》に一杯貰《もら》ってきて、父から生活費が送られてくるまで、ナスビだけで糊口《ここう》をしのいだ。

朝はナスビの味噌汁とご飯。昼はナスビの浅漬けとご飯。夜はナスビの味噌《みそ》炒《いた》めとご飯。

次の日も、朝と昼は前日と同じ。夜は焼きナスとご飯。

次の日の夜は、ナスビの炊き込みご飯。

「これは失敗やったなァ」

と母は笑った。

とにかく、考えつくありとあらゆる調理法で、五日間、ナスビばかり食べていた。

私は、自分たち親子が置かれている状況をよく理解していたのにもかかわらず、ナスビばっかり、もういややと言って、お膳《ぜん》をひっくり返した。叱《しか》られるだろうと思って、壁ぎわでふてくされていると、

「ほんなら、お母ちゃんの代わりに、もっとおいしいナスビの料理を考えてんか」

と母は言った。

私はナスビを皮つきのまま、砂糖と醤油《しょうゆ》で煮たのだが、これがうまいのだった。

それで最後のナスビもそうやって食べた。

ナスビばかりの食事が悲しかったのではない。いくら子供だったとはいえ、お膳をひっくり返した自分を思い出すことが悲しいのである。

父が死んで、三日目、大阪の新阪急ホテルのロビーで、何日ぶりかで、まだ十九歳

だったいまの女房と逢った。

とにかく借金だらけで、父の葬儀もできないまま、お骨だけを持ち帰ったのだが、約五日間、私はろくなものを食べていなかった。

十九歳の彼女は、何か食べろと言った。少しお小遣いを貰ってきたから、と。

それで、コーヒー・ショップでミートソース・スパゲッティをご馳走《ちそう》してもらった。私がスパゲッティをむさぼるようにして食べていると、

「犬みたいな食べ方」

と言って、彼女は泣きだしたのだった。

「腹、へってるんやもん」

私はそう言って、彼女を見つめた。なにかというとよく泣く子だったが、こんなに烈《はげ》しく泣いているのは初めてで、周りの客たちもウェイトレスたちも、何事かという表情で見ていた。

二十二歳の私は泣く元気もなくて、悲しさもまるで感じなかったが、いま思い浮かべると、やはり悲しい食事のひとつに入る。

芥川賞を貰ってすぐに、私は肺結核で入院した。最初の十日ほど、市民病院の結核

病棟に強制入院させられて、そのあと別の病院へ移ったが、入院第一日目の夜に運ばれてきた食事は、どれも私の喉《のど》を通らなかった。

ハンバーグと薄い味噌汁とご飯、それにミカンが一つ。

その夕食の前に、私は、医者が看護婦と話している言葉を偶然立ち聞きしていたのだ。

「宮本さんは、一生、無理のきかない体になっちまったねェ」

一生？　へえ、俺は一生、無理がきかない体になったのか……。無理がきかない体とは、どんな体なのだろう……。

そのときの私の絶望の前に置かれたハンバーグは、人間の食い物とは到底思えないほどにまずくて、一口嚙《か》んだだけで吐きそうになった。

それでも、治るためには食べなければと思い、なんとか胃に流し込もうとするのだが、どうしても嚙み下すことができなかった。

どれだけ金を貰っても、あのハンバーグだけは食べられないと思う。誰が、どうやって、あれほどひどいハンバーグを作るのか、私は一度見てみたいと思っている。

1999.4

嫌いなもの

それは「いなかもの」である。

いなかものというと、地方に住んでいる人の蔑称《べっしょう》と誤解する連中がいるが、そうではない。

「いなかもの」とは、いかなる人間か。ざっと思いつくままに箇条書きしてみる。とりわけ若い方たちは、その意味について考えていただきたいと思う。

一、玄関を少しあけただけなのに、台所にまで踏み込んで来る輩《やから》。一歩譲れば三歩押し入って来る輩と言い替えてもいい。

一、非はいつも相手にあるというふうに考えてしまう輩。

一、恩を仇《あだ》で返す輩。

一、人の幸運や幸福を妬《ねた》んで、やっかむ輩。

一、何かにつけて「俺がしてやった」、「俺のお陰だ」と言う輩。
一、坐《すわ》る場所でないところで坐る輩。
一、自分よりも弱い相手をいじめる輩。
一、お葬式に体操服のような服装で参列する輩。
一、相手が求めてもいないのに贈り物をして、それに対する感謝の意が少ないと怒る輩。
一、反対に、自分にとってはありがたくないものを贈られて、相手を罵倒《ばとう》する輩。
一、自分と肌の合わない人に冷たくする輩。
一、人は失敗を犯すものだということを知らない輩。
一、人生の大事を感情で対処する輩。
一、ケチ。

まだまだあるだろうが、つまるところ、デリカシーがなく、姑息《こそく》で勇気がなく、人を許さないくせに自慢や自己弁護ばかりするやつのことである。
私にえらそうに説教する資格はないが、若者たちよ、どうかこんな人間にだけはならないでくれよな。

1999.4

人は言葉の生き物

私はこれまでワープロの機械にさわったこともなければ、ファミコン・ゲームの類《たぐい》にも近づいたことはなかった。やればやったでおもしろいであろうが、生来、指先が無器用なので、多少なりとも使いこなせるようになるまでに疲れてしまうのがおちだと思ったのだった。

それなのに一年前、仕事場のある軽井沢で突然思いついて、まったく機械の操作の初歩的知識もないまま、ノート型のパソコンを買って来た。

ひとりの青年が五年前に開設したという、私の読者が集うホームページの存在を知ったからだった。

プロバイダーとは何か。カーソルはどうやって動かすのか。Eメールとは何のためにあるのか。マウスの右クリック、左クリックとは何なのか……。

パソコン用語のひとつも知らず、パソコンさえ買えば、私は私の読者が集うというホームページを毎日見ることができると思ったのである。

そのパソコンを買ってからの私の軽井沢での悪戦苦闘は、まことに涙ぐましいもので、よくもまあ放り出さなかったものだと、家族どころか、当の本人が感心している。

自分のパソコンをプロバイダーと契約し、カーソルをとりあえず上下左右へと動かせるようになり、やっとの思いで、「宮本輝ファンクラブ@テルニスト」というホームページの掲示板に辿《たど》り着き、私の小説を愛してくれている若い人たちの、話し言葉であったり律義《りちぎ》な書き言葉であったりの、しかしまぎれもなく顔の見えない「その人」が自分でキーを打ってあらわされた文章を読んだ。

愉快なハンドルネームの人もいれば、本名の人もいる。自分のメール・アドレスを明かす人もいれば、そうしない人もいる。自分のペースを守りながらずっと書き込みをつづける人もいれば、ある日ふっと消えていってしまう人もいる。

ここは決して世にいうところのバーチャルな世界ではないとわかってから、私にも「メル友」なるものが一人二人とできていった。そして同時に私は、手紙の文章とEメールの文章との、それを書く人間のたくまざる差異といったものに興味を抱いた。

「前略、向寒の砌《みぎり》……」とまったく公式の手紙文でしかメールを送ってこない人もいれば、えっ！　あの人が？　と思うような人物から「こんばんはでーす(^^)」などとメールが飛び込んでくる。

そうすると極く自然に、こちらも同じように対応してしまう。私のような年代では、どんなに親しい間柄でも有り得ない文章の世界がEメールでは成立して、そのために逆に、私の知らなかった「その人」の人間としてのキャパシティーや機知や、図々《ずうずう》しさや無礼さなどが見えてくるのである。

これは私にとってはじつに新鮮な発見であった。

どれだけくだけていようが、電話による生の言葉ではなく、どれだけ言葉遣いに気を配っていようが手紙の文章ではないEメールの世界だけの言語は、おそらく誰が考えついたのでもなく、自然発生的に生まれたのだが、そこにいかんともしがたくその人の素顔があらわれるという発見によって、私はEメールやネットの世界を人間の仮想化と呼んで眉《まゆ》をひそめることの滑稽《こっけい》さを知ったのだ。世の中がどう変わり、通信手段がどう変化しようとも、送り手の心というものは必ず刻印されている。

2000.10

競馬にもっとロマンを

『優駿《ゆうしゅん》』という長篇小説を、丸四年間かかって書きあげ、取材に際してお世話になったかたがたにお礼のご挨拶《あいさつ》をするために、先日北海道へ行って来た。五月半ばだというのにことしの北海道は冬が長くて、まだ青草は短かった。出産シーズンで、牧場の人たちは、みな忙しそうである。

小説『優駿』に対しては、おおむね好意的な評価を得たが、読み直してみると、私がサラブレッドの血統とか競馬サークルに関して、まだまだ浅い知識しか持ちあわせていないことに気づかされる。ああ、こんなことも書いておけばよかった。あんなことは知らなかったなァと後悔するが、すでに小説は私の手から離れ、ひとり歩きを始めたので、どうすることも出来ない。

北海道の遅い春の日差しを浴び、牧草に寝転んで、仔馬《こうま》と遊びながら、ふと考えたことがある。それは、いまだに日本では、競馬の世界が、一般の人々にとって特殊で、しかもどことなく表舞台から外れたものとして受けとめられているのはなぜだろうという一点だった。我が国における歴史の浅さと言って済ませてしまうわけにはいかないようだ。馬券に狂って、会社の金を使い込んだり、銀行強盗をやってのけるのは、なにも日本人だけではなく、本場のイギリスでもしょっちゅう起こっている。しかも、この馬券というギャンブル性によって、競馬サークルは成りたっているのだから、〈競馬イコール賭博《とばく》イコール暗いイメージ〉の図式は、そろそろ消滅しなければなるまい。しかし、実際には、いくらロマンだと言っても、どこがどのようにロマネスクなのかを明確にしなければ、一般にはあくまでも賭《か》け事という翳《かげ》を与えつづけるのである。

私は拙作『優駿』で本年度の吉川英治文学賞を頂戴《ちょうだい》した。授賞式には、吉川英治氏の夫人やお孫さんがお越しになっていた。夫人とお話をした際、吉川英治氏も何頭かのサラブレッドのオーナーだったことに話題が及び、

「菊池寛先生に誘われて、共同で持っていた馬が多いようです」

と語られ、吉川英治氏が、いかに馬を愛されたかも、なつかしそうにつぶやかれた。しかし、そのころは、いまと違って、もっと競馬が特殊な世界の、一部の娯楽としか受け取られなかった時代である。私は、昔の作家は、馬主になって馬を持てたんだな

ァとうらやましかった。サラブレッドの血の神秘を語りつぎ、一般の人々になじみの深い人間が馬主となり、あの馬は誰それの持ち馬、あの馬は何とかという名の作曲家のもの、この馬は小説家の××さんのもの、というふうになれば、競馬に対する概念も変わっていくだろうと思ったりもした。働けど働けど、馬を持てない、しがない小説家の発想である。

1987.5

春の牧場

『優駿』を書き終えたのは昨年の五月だったが、それからちょうど一年たって、取材でお世話になった北海道の静内《しずない》の、小さな牧場へお礼の挨拶にうかがった。小説を書きあげて、その後丸一年間もご挨拶が遅れたのは、私の体調がずっと良くなかったのと、仕事の量がいっこうに減らなかったからである。

ことしにはいって、なんとか時間を作ろうと思ったのだが、ことしの北海道は例年になく冬が長く、四月の終りにも吹雪《ふぶき》の日があった。せっかく行くのだから、生まれたばかりの仔馬が、青草の上で駆け廻っている時期にしようと思っているうちに、五月の半ばになった。

元来、出不精で、しかも飛行機嫌いときている。けれども、自身は、小説を書くという仕事をしている人間にとって、もっとも効果的な休養は、環境を変えることだと思っているのである。そう思いつつも、実行はせず、仕事が一段落つくと、一杯ひっかけて昼寝をするという日々をつづけてきた。ことしも、結局、北海道には行かないだろうなァと思っていた。

ところが、知り合いの馬主である福井章哉さんから電話があり、『優駿』を読んで、ぜひ宮本さんに仔馬を選んでもらいたいと言われた。

「仔馬を？　私が選ぶんですか？」

「そう。どんな馬を買ってきても、私は文句は言いませんよ。どうです。ひとつ、オラシオンみたいな凄《すご》いサラブレッドをみつけてきてくださいよ。三年後のダービーをめざして」

「冗談じゃない。私に馬なんか解《わか》りませんよ。無茶言わないでください」

サラブレッド一筋に生きてきた専門家でさえ、馬主を儲《もう》けさせる馬をみつけるのは至難の芸当だと言われている。サラブレッドは、無事に生まれることも大変だが、牧場から育成場へ旅立つまでに、その何割かは、病気や怪我《けが》で脱落し、育成場から厩舎《きゆうしや》に入るまでに、また何割かは競走馬として役に立たなくなり、厩舎でのトレーニング中に、何割かは競走能力を喪失して去っていく。だから、いわゆる未勝利戦の、ドン尻《じり》あたりをうろうろ走っている箸《はし》にも棒にもかからない馬でさえ、多くの難関をくぐりぬけてきた運のいい馬たちなのだ。

私は、福井章哉さんが、かつてのグランプリ馬・リュウズキの馬主さんだったことを知っているので、たぶん半分冗談、半分酔狂で、そんな電話をかけてきたのだろうと考えた。このかたとは『優駿』を書く前に、ある人の紹介でお逢《あ》いし、馬主の世界についてお話をうかがったことがあった。しかし、電話があって二日後に、彼から、ぶあつい一冊の本が速達便で送られてきた。赤い表紙には〈サラブレッド系全国馬名簿〉と書かれ、日本軽種馬協会発行となっていた。その年に日本のあらゆる馬産地で生産されたサラブレッド約八千頭の仔馬の生年月日、生産牧場、そして三代前までの血統が網羅されている。私は、慌《あわ》てて、福井さんに電話をかけた。

「この八千頭の中から、私に選べっていうんですか?」

「そうです。お好きなのを選んでください」

「お好きなのをって、そちらにはそちらで、好みの血統というのがあるでしょう。たとえば、どんな種馬の仔にしたいとか、牝《めす》系はこうでなきゃいけないとか……」

「いや、それもみんな宮本さんの好みで結構ですよ」

あきれた話である。私は、八千頭の仔馬の名簿をくっていきながら、実際に頭痛に襲われた。サハラ砂漠で一粒の砂金を捜すようなものである。だいいち、血統から目星をつけ、二、三十頭に絞っても、それを一頭一頭見て歩けば、最低四、五日はかかる。それなのに、無謀にも、私が引き受ける気になったのは、こんなとっぴょうしもない話でもなければ、仕事のあいまをぬって北海道に出向く機会などないだろうと思ったのも理由のひとつだが、『優駿』を読んで、ここ数年喪《うしな》っていたサラブレッドへの情熱が甦《よみがえ》ったという福井さんの殺し文句にものせられたのだ。さらに、この八千頭の、海のものとも山のものともつかない仔馬の中から選んだ馬で、福井さんを儲けさせたら、俺の馬相観もたいしたものだなと楽しくなってきたからであった。

最初に訪ねた牧場は、牧柵《ぼくさく》が錆《さ》びた鉄で出来ていた。私はあらかじめメモしておいたその牧場の二頭の仔馬を見ないままに消した。もし、仔馬が勢いあまって牧柵にぶつかったら、首や胸の骨を折って死んでしまうだろう。牧柵に鉄材を使うような無神経な牧場の生産馬など、見る必要などなかった。その次に訪れた牧場は、設備も良く、草もよく繁《しげ》っていたが、私のめあての仔馬はすでに買い手がついていた。北海道に住む友人が運転する車で、地図を見ながら、次の牧場に向かった。三つめの牧場で、私は、自分より体の大きい馬につっかかっていく仔馬をみつけた。脚も真っすぐで、とてもいい目をしている。生まれてまだ一ヵ月ぐらいだが、なんだか気っぷがよくて品もある。しかし、牧場主の、

「この馬は、どうしても三千万以下じゃあ、売れませんよ」

という言葉で退散した。とにかく、福井さんの予算は一千五百万円が上限なのである。途中、小さな食堂でビールを飲み、ラーメンを食べると、急に眠くなり、広大な牧草地の横に車を停めて、友人と二人して眠ってしまった。目を醒《さ》ますと、私の横には、十何頭の母馬と仔馬が並んで、牧柵から顔を突き出していた。それまで曇り空だったのだが、遅い春の太陽が拡《ひろ》がり、母馬も仔馬も、こいつら、ここで何をやってるんだ？　といった顔つきで私を見ている。

「あーあ、残りの牧場は、あしたにしようか」

私は一頭の仔馬にセーターを引っ張られながら、友人にそう言った。その仔馬は、まだ歯がはえていないのに、柔かな歯茎でしきりに私のセーターを嚙《か》んで離さない。

「買ってくれって言ってるんじゃないですか？」

友人はそう言って、ぶあつい名簿をめくった。私が事前にピックアップした牧場ではなかった。遠くに赤い三角屋根の厩舎と、調教コースがあったが、本道ではないので、そのまま車を厩舎に進ませることは出来なかった。そしてその仔馬は、牝だった。福井さんは、できれば牡馬《ぼば》を持ちたい意向だったので、妙に気にかかりながらも、次の牧場に向かった。めあての馬は、みな気に入らなかった。前軀《ぜんく》と後軀のバランスがとれていなかったり、飛節《ひせつ》がゆるんでいたり、まるでハイヒールみたいな前脚だったり、馬そのものにはなやぎがなかったり……。

その日は、六つの牧場を訪ね、十頭の仔馬をみて旅館に入り、十時に寝てしまった。私が十時に寝たのは、入院生活以後、七年振りである。広大な牧場を歩き廻り、草の匂《にお》いに満ちた風にふかれて、全身がほぐれたのに違いなかった。

六時に寒さで目を醒ました。私はセーターを着たまま、蒲団《ふとん》もかぶらずに寝てしまったのだった。慌てて石油ストーブに火をつけたが、鼻水は出る、頭の奥は痛い、喉《のど》も痛い。これはいかん、風邪をひいたぞと思い、友人に風邪薬を買ってきてもらった。予定では、まだ八つの牧場に行き十八頭の仔馬を見なければならないのだが、私は、妙に、昨日の仔馬の姿が忘れられなかった。もう、どうでもいいや、出逢いというものが肝心だ、走らなくても、俺が悪いんじゃないぞ。私はそう心に決めて、セーターを引っ張っていた仔馬のいる牧場に向かった。牧場の主人は、口の重い、けれども一所懸命、いい競走馬を生産しようと研究し、頑張っている人だと私には思えた。私は仔馬にあらためて見入り、馬相観とまではいかないが、私の作った七つのポイント〈これは秘密〉をすべてクリアーしているかどうかを、じつに、じつに、真剣にチェックした。一箇所、うーん、どうかなと危惧《きぐ》する点があったが、私は福井さんに電話をかけ、牝だが、私は気に入ったと述べた。

「じゃあ、それを買って下さい。幾らですか？」

私は、血統や馬体から考えて、七百万くらいかなと当たりをつけ、牧場主に、五百万なら買うと言った。結局、六百万で、その牝の仔馬を買った。そのあと、二時間くらい、日の当たる牧場でその仔馬と遊び、取材のためにお世話になった牧場に寄ってお礼を述べてから大阪に帰って来た。風邪は本格的になり、少し熱も出たが、これから毎月、あの仔馬と逢うために北海道に行き、牧場で風に吹かれ、太陽を浴びようと決めた。あの仔馬、福井さんを儲けさせるだろうか。

1987.6

わが幻の優駿よ――ぽろっと落ちた桜花《おうか》賞

『優駿』という小説を書いたお陰で、私の生活に幾つかの思いもよらない事件が起きた。

吉川英治文学賞を受賞したこともそのひとつだが、競馬関係者たちと多くの交友が生まれ、その結果、ついに私が中央競馬の馬主登録をして、サラブレッドを所有するはめになったのは、どう考えても〈事件〉というしかなく、しかもそれによってとんでもない新たな〈事件〉に巡り合うはめになったのは、作家として喜ぶべきか悲しむべきか、理解に苦しむところである。

もとより、ひとりでサラブレッドを買うなどという財力はないので、知り合いの馬主さんと共有で一頭の馬を買うことにし、一九八七年の初夏、その前年に生まれた八千頭にも及ぶサラブレッドの名簿をひらいて、一頭一頭の血統に見入り、その中から気にいった馬を選択する作業にかかった。

そのとき、私と一緒に馬を持つことになった人は福井章哉さんで、有馬記念を制したリュウズキのオーナーである。福井さんは、これまで自分で馬を選んだことはあまりない。調教師がみつけてきた馬を買うというやり方以外では、たいてい失敗してきた苦い経験をお持ちなのに、そのときにかぎって、「宮本さん、好きな馬を買ってきて下さいよ」と、完全に私は下駄《げた》をあずけられてしまった。

私は、自分の小説『優駿』の主人公・オラシオンが、サラブレッド三大始祖の一頭であるゴドルフィン・アラビアンの系統だという設定にしたので、初めて持つ馬もそうしたかった。すると、頭に浮かぶのは、まっさきにヴェンチアである。ヴェンチアは種牡馬《しゅぼば》として日本に輸入され、イットーやタニノベンチャーなどの父となったが、すでにいまは亡《な》い。イットーの子・ハギノカムイオーは種牡馬となって二年目の春を終え、タニノベンチャーの子・カツラギエースも同様だった。

しかし、ハギノカムイオーの産駒《さんく》もカツラギエースの産駒も、種牡馬としての期待が大きくて、当時は種付料も高く、しかも産駒の多くは当歳時に買い手がついていた。私たちは二歳馬を買おうとしていたし、予算も、幾ら高くても八百万円までと決めてあったので、その二頭の種牡馬の産駒は手に入れにくかったのである。

八千頭にも及ぶ一九八六年生まれのサラブレッドの中から、ブルードメアー・サイアーラインにヴェンチアを持つ馬を捜すのは、実際、頭が痛くなる作業だったが、私はそれもまた馬主のひとつの楽しみとして、夜遅く、ウィスキーのお湯割りをちびちびやりながら、該当する馬に付けられた番号と生産牧場名、そしてその牧場の電話番号をノートに控えていった。

翌日、私が書きだした馬と牧場を福井さんに伝えると、福井さんは早速その牧場に電話をかけるのである。その馬はもう売れたのかどうか、もしまだ買い手がついていないのなら、その馬の最近の写真を送ってくれ、と。

やがて、私の家に、十何頭もの二歳馬の写真が、北海道の幾つかの牧場から届き始めた。私は夜中に起きだして、それらの馬の写真を見つめ、全体のバランスはどうか。いい目をしているかどうか。前軀と後軀とがアンバランスになっていないかどうか。膝《ひざ》のかぶりやつなぎの角度はどうか。トモの筋肉や飛節《ひせつ》の力強さはどうか。鼻の穴の大きさ、首から顎《あご》にかけての角度はどうか……。とにかく、一所懸命、見つめつづけた。

もとより、私は素人《しろうと》であって、調教師でもなければ生産者でもない。けれども、たとえ素人でも、私には私なりに、好きな馬の形というものがある。私のその基準が満たされ、その馬を調教師もなんとか合格点を与えてくれて、両者が合意して、馬主と調教師の関係が成立するというふうに事が運ぶのを、私は望んでいたのだった。

逆の場合のほうがきっと多いに違いない。調教師が、牧場に出向いて気にいった馬をみつけ、それを馬主である私も気にいるというケースでもかまわない。いずれにしても、一頭のサラブレッドを持つ過程の中で、血統、体形、馬相などの要素に、馬主の好みも反映されなければならないのだが、昨今の調教師の一部には、馬主の好みなど眼中に入れない輩《やから》がいる。俺が選んでやった馬を売ってやるのだ。いやなら他の厩舎へ行け。馬を預かってもらいたがっている馬主は腐るほどいるんだ。金は出しても口は出すな……。そんな調教師が増えつづけているのが現状である。

いまや中央競馬のサークルにあって、調教師は殿様稼業《かぎよう》となっている。それは、自分の管理する馬がいい成績をおさめなくても、月々の預託料収入だけで年収は二千万円近くもあるからであり（これは、中央競馬会もはっきりと認めている）、どんな馬でも厩舎に所属しないかぎりレースに出走出来ないからであり、金余り現象で、投機として馬を持つ金持ちがいるからであり、ひいては、厩舎はつねに大繁盛《だいはんじよう》で、馬主は調教師さまに馬を預かっていただくという図式が出来あがってしまったからである。

ある意味では、純粋な競争原理のうえに成り立っているはずの中央競馬会の中にあって、調教師は、熾烈《しれつ》な競争社会の蚊帳《かや》の外にいて、結構な生活をしているということになる。だが、より強い馬を作りだすために、創意工夫をつづけている調教師も、私は何人も知っていることを書き記しておく。

さて、私の馬選びは、一九八七年の五月中旬、ついに一頭の馬に絞られた。ところが、そのときになって、私は大事なことを忘れていたことに気づいた。私が買ってきた二歳馬を、どの調教師が預かってくれるのかという問題である。私は、馬を選ぶことばかりに熱中して、調教師のことをすっかり忘れていたのだった。前述したように、馬を買っても、調教師が預かってくれなければ、私の馬はレースに出走出来ない。

一緒に馬を持つ福井章哉さんが昔から懇意にしているのは、みな関東の調教師で、私が知っている調教師も関東の方が多い。だが、私はやはり自分の馬を関西で走らせたかった。馬がレースに出るときは、いつも競馬場に観《み》に行きたいし、トレセンにいるときも、たまにはニンジンでも持って逢《あ》いに行きたい。私は伊丹市に住んでいるので、茨城県の美浦《みほ》トレセンに出向くのは大変なのだ。

私はふと、何年か前、北海道・早来《はやきた》の社台ファームで、伊藤雄二調教師とお逢いしたことを思い出した。ちょうどその年のオークスが終って十日ほどたったころで、伊藤雄二厩舎のマックスビューティが勝っていた。

「急に電話をかけて、馬を預かってくれって頼んでも無理かなァ。とにかくオークスを勝ったあとで、あの厩舎に、馬を預かってくれと頼み込んでる馬主は多いやろしなァ……」

私は、伊藤雄二調教師の名刺を持ったまま、ずいぶん長いこと電話の前で迷っていた。

だが、関西の調教師で、私が直接言葉を交わしたことがあるのは、伊藤雄二氏だけなのである。まあ、断わられて元々だ。そう考えて、私は伊藤雄二氏の自宅に電話をかけた。

電話に出てこられた氏に、私は事情を説明した。しかし予想どおり、厩舎《きゅうしゃ》は満杯で、二歳馬を預かる余裕はないという返事が返ってきた。

「どんな馬をお買いになるんですか？」

と伊藤氏が私に訊《き》いたので、三頭まで絞ったのだが、自分としてはノーザンディクテイターとスターマリオンとのあいだに生まれた牝馬《ひんば》に一番魅《ひ》かれていると私は答えた。スターマリオンの父はヴェンチアであった。

「二歳馬どころか当歳馬も、もう預かる馬が決まってしまっておりまして。他の馬主さんにも、三年先まで待っていただいている状態です」

そう言ったあと、伊藤氏は少し考えていたが、一頭、自分が購入して、どなたか馬主さんにお譲りしようと思っている二歳の牝馬がいるのだが、と切り出した。父はリアルシャダイ、母はミリーバード。ミリーバードの父はファバージだという。

「リアルシャダイですか……」

私はそうつぶやいた。リアルシャダイの種付料は高く、その産駒の勝ち上がり率も高いので、伊藤氏が馬主に売るためにすでに購入しておいたというその馬も高額であろうと私は思った。私と福井章哉氏で決めた上限八百万円という予算では足りないに違いない。

しかし餅《もち》は餅屋だ。名伯楽で知られる伊藤雄二調教師が目をつけた馬ならば、私は自分が選んだ馬については白紙に戻して、伊藤氏の勧める馬を買ってもいいと思い直した。

「その馬は幾らですか?」

と私は訊いた。

「八百万か九百万かといったところじゃないでしょうか」

かすかな思案のあと、伊藤氏はそう答えた。予算ぎりぎりだが、もう百万円なら、

私と福井氏とで何とかなりそうだ。そこで、私はさらに、

「もし私がその馬を気に入ったら、私に売ってくれますか?」

と訊いた。ところが伊藤氏は、

「他にも欲しがっている馬主さんがいらっしゃることですし……」

と何やらすっきりしない。なんだ、それだったら、初めからそんな馬がいるなんてこと、私に言うことはないではないか。私は少々納得のいかない気分で、

「ああ、そうですか」

と言うしかない。すると、伊藤氏は、

「宮本さんがお買いになろうとしてる馬を見る前に、ミリーバードの二歳馬の馬体をぜひご覧になって下さい」

と言った。目当ての馬のところに真っすぐ行ってしまうと、その馬がとりわけいい馬に見えるものなので、その前に幾つかの牧場に寄り道し、何頭かの馬を見ておくのがこつなのだと忠告してくれた。私は、なるほどそうであろうと思い、ミリーバードの二歳馬がいる牧場の電話番号を教えてもらった。そして伊藤氏に言った。

「リアルシャダイの産駒では苦い思いをしてるんですよ。一口馬主で、リアルシャダイとサワーオレンジの牡《おす》を買ったんですけど、入厩してすぐにエビになって、競馬に

使わないまま引退しました。リアルシャダイの子は、見た目よりもつなぎが固いでしょう？」

伊藤氏は、そうなのだと答え、リアルシャダイという種馬は非常に配合が難しいのだと言ってから、

「ぜひ、ミリーバードの二歳馬の体を見て下さい」

と勧めた。

それから一週間後、私は馬を買うために北海道へ向かった。千歳《ちとせ》空港に着くまでは、私はどうせ私のものにならない馬をわざわざ見に行く気はなかったのである。他にも欲しがっている馬主がいるという伊藤氏の言い方を、私は、遠廻しな断りの言葉と受け取っていた。しかし、一口馬主ではなく、一頭の馬を生まれて初めて持とうとしている私だったが、そこのところの伊藤氏の含みがわからなかったわけではない。まったく売る気もないのに、その馬をぜひご覧になってくれと言うはずはない。つまり、欲しければ、頭を下げて、譲って下さいと頼みにこい。電話一本で、うちの厩舎に馬を預かってもらおうなんて軽く考えてくれるな。それに、素人のお前が勝手にみつけてきたような馬を俺が簡単に預かったりはしない。俺のところに馬を預けたければ、俺が選んだ馬を買え。

伊藤雄二調教師の丁寧な言葉つきの裏に、私はそのような含みを読み取っていた。

当方としては、そうまでして、伊藤雄二厩舎に馬を預かってもらう気はない。しかし、そのミリーバードの二歳馬とやらを見ておくのも悪くはなかろう。私は新冠《にいかっぷ》への車中でそう考え直し、地図を見た。ミリーバードの二歳馬がいる牧場と、私が買おうとしている馬がいる牧場とは、それほど離れてはいなかったので、私は伊藤氏の忠告ももっともだと思いながら、先にミリーバードの二歳馬を見ることに決めたのである。

その牧場に着いたとたん、私は牧場のあちこちに有刺鉄線が張られているのに驚いた。サラブレッドの仔馬《こうま》が駆け廻る牧場に有刺鉄線……！　走り廻っている若駒《わかごま》が、勢い余って有刺鉄線にぶつかったら、いったいどうなるのだろう。私は、もうその牧場の馬を見る気もなくなったが、そのままUターンして帰ってしまうわけにもいかず、住まいから出て来た牧場の人に、伊藤雄二調教師に紹介されてミリーバードの二歳馬を見せてもらいに来ましたと言った。

一頭の栗毛《くりげ》の牝馬が、牧童につれられて私の前にあらわれた。伊藤氏が「ぜひ馬体を見てくれ」と言ったとおり、腰からトモにかけての筋肉は立派だった。しかし、その後軀《こうく》と比して、胸が幾分狭いように感じられた。首も高く、首から顎への角度もきつい。その首さしは、私が最も嫌いな形なのである。

私は何となくほっとして、写真を二枚ほど撮ると、礼を言って、その牧場をあとにした。もし、その馬を気に入ってしまったら、私は伊藤雄二調教師に三顧の礼を尽くし、ぜひあの馬をこの私に売って下さいと、菓子折りの二、三個でも持って、頭を下げに行かねばならぬだろう。いい馬を持てるのなら、そんなことは別段たいした問題ではないのだが、私は、牧場の有刺鉄線と、その馬の首さしにこだわって、ミリーバードの二歳の牝馬をあっさりとあきらめてしまったのだった。

私は、その日、八千頭もの二歳馬名簿の中から何日もかけて選び、写真を送ってもらい、脚が丈夫で、私の好きな血統で、出来れば六百万円ぐらいまでという条件を満たす牝馬を買った。ミリーバードの子よりも後軀の筋肉は物足りないが、それはノーザンディクテイターの産駒特有の形だと考えたし、体が少し固そうなのも、腰がそれほど強そうでないのも、血統的なものだと判断したのだった。価格は五百万円だった。

その飛渡《とびわたり》牧場の、他の二歳馬を見ているうちに、一頭、いやに気になる馬が目についた。体は小柄だが、なんとなく気になる存在なのだ。牧場主に訊くと、父はハイセイコーで、母の父はシンザンだとのことだった。

「ちょっと小さいですね」

私は、その馬も欲しくなっている自分を強くいましめつつ、そう言った。

「でも、四百三十キロぐらいで競馬が出来ると思いますよ」

牝馬で四百三十キロなら悪くはない。けれども二頭も買うつもりはさらさらなかったし、一緒に持つ福井氏に相談もせず、予定外の馬を買うわけにはいかない。それなのに、その黒鹿毛《くろかげ》の牝馬は、私のセーターの袖《そで》を嚙《か》んだまま離さない。

「うんと安くしてくれるなら、買ってもいいなァ」

やめろ、やめろという自分の声を心で聞きながら、私はそう言ってしまった。飛渡牧場の親父《おやじ》さんは、

「どうぞ持ってって下さい。幾らでもいいですよ」

と沈思黙考のあと、そう言った。幾らでもいいですよと言ったって、一万円というわけにはいくまい。

「ちょっと福井さんと相談します。電話を貸して下さい」

私は、えらいことになったと思いながら、福井氏に電話をかけた。

「宮本さんが気に入ったんなら、買っちゃいましょうよ」

福井氏は笑いながら言った。この福井章哉さんという人は、銀座で中華料理店を経営しているのだが、馬主運もすこぶるつきのいい人で、そのおだやかな容貌《ようぼう》とは異な

って、相当に親分肌で面倒見がいいのである。

「でも、二頭も買ったら、どこの厩舎に入れるんです？」

と私は訊いた。福井氏は、またもや笑いながら、

「まあ、なんとかなるもんですよ」

と言うのである。それで、結局、そのハイセイコーを父に持つ二歳の牝馬まで買ってしまったのであった。

私は北海道から帰ってくると、ある人の紹介で、栗東《りっとう》の新川恵調教師に電話をかけ、二歳馬を預かっていただけないかと頼んだ。新川厩舎とて満杯である。しかし、新川調教師は快く了承してくれた。私は、ハイセイコーとシンザンジョオーの牝馬を新川厩舎に預かってもらうことにしたが、幾ら何でも、その時期に二歳馬を二頭もというわけにはいかず、ノーザンディクテイターとスターマリオンの子は、古いお知り合いの、美浦の加藤修甫調教師にお願いすることにした。

「いまごろ、そんなこと言われたって無理だよ」

と加藤修甫氏は言った。

「そんなこと言わないで。俺が買ってきた馬、なんとか面倒見てちょうだいな」

「どんな馬を買ってきたんだ？　脚はちゃんと四本ついてるだろうね」

「立派な脚がちゃんとついてる。可愛《かわい》らしい処女ですよ」

「メスの競走馬は、処女じゃなきゃ駄目なの」

そんなやりとりののち、加藤修甫調教師は、

「まったくどんな馬なんだろうなァ。でも、血統はなかなかのもんだな」

と言いながら、引き受けてくれたのだった。

さて、その翌年、私と福井章哉氏とで所有した馬は三歳となり、それぞれ別々の育成場に旅立って行き、夏が過ぎた。

新川厩舎に入厩した馬は、妻が〈リングリングベル〉と名づけ、加藤修甫厩舎に入厩した馬は、作家の青野聰《そう》氏が〈マインドマギー〉と命名してくれた。

リングリングベルは、入厩してから、どんどん飼葉食いが悪くなり、当初四百六十キロあった体は、日毎《ひごと》に小さく痩《や》せていった。

マインドマギーは、牧場か育成場で、相当烈《はげ》しく転んだらしく、しっぽのつけ根あたりを痛がって、本格的な調教が出来なかった。

ちょうどそのころ、私は、リングリングベルの様子を見るため、栗東のトレセンに行き、新川調教師と雑談している際、伊藤雄二調教師に勧められてリアルシャダイとミリーバードとのあいだに生まれた牝馬を見に行ったという話をした。すると、新川

調教師は、

「伊藤雄二厩舎のリアルシャダイ……。三歳馬ですか?」

と首をかしげ、一冊の本を持って来た。それは入厩した三歳馬の名や血統や生産牧場、それに成績と所属厩舎が印刷された本であった。


「確か、札幌の新馬戦で勝った馬だと思うなァ」

新川調教師はその本のページを繰り、

「ああ、この馬です。シャダイカグラって名前ですね」

と言った。

「なに! もう新馬戦に勝った?」

私は、内心、穏かならざる心境で、その本に目をやった。確かに間違いない。あの馬である。あの、私の大嫌いな形の馬である。

「新馬戦に勝った……」

私が憮然《ぶぜん》とそうつぶやくと、

「こういうことって、よくあるんですよ。馬との出会いも、縁《えん》のものですからねェ」

と新川夫人が微笑《ほほえ》みながら言った。そのシャダイカグラなる馬は、札幌の新馬戦に勝ったあと、ソエの治療のため休養していたが、今週の特別戦に出走する予定らしい。

私は、リングリングベルの馬房に行き、

「きみも競走馬としての自覚を持ちなさい。好き嫌いを言わず、しっかりと飼葉を食べろ」

と説教して、憤然と家に帰った。

シャダイカグラは、長い休養明けにもかかわらず、二番人気に支持されていた。しかも、鞍上《あんじょう》は武豊《たけ》騎手である。私は、テレビを観《み》ながら、

「いやな騎手が乗りよるなァ」

とひとりごちた。そのレースで、シャダイカグラは勝った。それも、強い勝ち方なのだ。

二着馬との差は二分の一馬身だが、着差以上の強さを感じさせた。私はゴール前のせりあいを見ながら、シャダイカグラの強さは本物だと思い、即座にその思いを打ち消した。

「相手が弱すぎたんや。まあ、ここまでの馬やろ」

だが、シャダイカグラは、その一ヵ月後の京都三歳ステークスでも、二着に四馬身もの差をつけて楽勝してしまった。

「人は人、我は我なり」

なんてひとりごちて、シャダイカグラのことなんか忘れようと思っていた矢先、私の友人が、栗東のトレセンで、伊藤雄二調教師とばったり逢《あ》った。その友人は、私が二歳時のシャダイカグラを牧場へ見に行ったことを知っていたので、伊藤雄二調教師に、こう言った。

「シャダイカグラ、強いですねェ。宮本さんはびっくりぎょうてんしてはりました」

すると、伊藤雄二調教師は、にやっと笑い、

「あの馬を宮本さんがお買いにならなかった瞬間に、宮本さんの手から、桜花賞《おうか》がぽろっと落ちました」

と言ったそうである。さらにそのあとに、

「私はシャダイカグラを仔馬のときに見た瞬間、この馬が桜花賞の優勝レイを掛けている姿が目に浮かびました」

とつけくわえて、またにやっと笑ったという。その言葉を友人から電話で教えられた私は、

「な、な、な、な、なにいィ！」

と叫んで、脳の血管がプッツンと切れそうになった。

「ほんまに、そんなことぬかしやがったんか、あのおっさんめ！　あの、おっさんは、俺に馬を売るなんてひとことも言えへんかったぞォ。他にも欲しがってる馬主がおるなんて勿体《もったい》ぶった言い方をして断わりやがったんや。くそォ……、あの、口の減らんおっさんめ」

伊藤雄二先生、どうかこの私の失礼な言葉をお許し下さい。とにかく、私は脳の血管が切れそうな状態だったので、もはや理性のかけらもなく、あなたを「おっさん」よばわりしたのであります。

「まあまあ、落ち着いて。そんなに怒ったら、体に悪いよ」

友人はいさめてくれるのだが、めまいがするくらい腹を立てている私は、

「これが落ち着いていられるか！　俺の手から桜花賞がぽろっと落ちたやてェ？　そうするとなにかい、シャダイカグラは絶対に桜花賞に勝つとでも言うのか。おもしろいやないか、見事に勝ってもらおうやないか。あの口の減らんおっさんの手から、ぽろっと桜花賞が落ちてこぼれたら、こんどは何て言うつもりやねん。くそォ、くそォ、くそォ」

世の中とはそういうものなのであろう。その翌日、加藤修甫調教師から電話があり、マインドマギーの腰の怪我《けが》は、思っていたよりも相当重症で、ひょっとしたら、競走

馬としてデビュー出来ないかもしれないという連絡を受けた。

「冷静にならなあかん」

私は電話を切ってから、むやみやたらに煙草《たばこ》を吸いながら、自分にそう言い聞かせた。

冷静になるのに四、五日かかった。

「宮本さんの手から、桜花賞がぽろっと落ちました、か。なかなか言える言葉やないなァ。そこまではっきり言える調教師なんて、そうざらにはおらんで。あの人、小さいとき、ものすごい意地悪少年やったんと違《ちゃ》うやろか」

そうぶつぶつ言っている私の心境なんかまるで気にしていない様子で、

「リングリングベルは、ちゃんとご飯を食べてるやろか」

と妻はほざいている。

「馬がご飯なんか食べるか。アホ！」

私は書斎にとじこもり、

「冷静にならんとあかん……」

とまたつぶやきつづけた。

その年の暮、シャダイカグラは三歳牝馬《ひんば》ステークスに駒《こま》を進めた。もうそのころになると、私の友人の多くが、シャダイカグラと私との因縁を知って、酒の肴《さかな》にするようになった。〈宮本輝の心情に涙して、シャダイカグラを桜花賞に勝たせないための方法を講じる会〉なんて長ったらしい会の発足を提案してくるアホもいた。

「もうそっとしといてちょうだい。私とシャダイカグラとは、何の関係もないんです」

私は再び脳の血管が切れそうになりながら、冷静を装《よそお》っていた。しかし、本心は千々に乱れている。

「もうそろそろこのへんで、あの馬の連勝を止めとかんと、年度最優秀三歳牝馬のタイトルを取ってしまいよるな」

私は、ついに伝家の宝刀を抜くに至ったのである。それは、私がシャダイカグラの単勝馬券を買うことなのだ。自慢ではないが、私が単勝馬券を買った馬は、約九十三パーセントの確率で負けるというジンクスがある。

私は、三歳牝馬ステークスの当日、シャダイカグラの単勝を買った。シャダイカグラは、頭差でタニノターゲットに敗《ま》けた。

「やった、やった。ひっひっひっ……」

私は、ざまあみやがれと叫びながら、単勝馬券を見つめたが、そのうち、そんな自分を冷やかに見ているもうひとりの自分の目に気づいた。そのもうひとりの自分は、

「お前はそれでも男か。そんなさもしいことをするな」

と私に語りかけてくる。まったく、情けなくて、さもしい人間になりさがっていた私は、もうひとりの自分に、

「やかましい。俺はとことんやるぞ」

と言い返す。しかし、何をとことんやるのか、自分でもよくわかっていない。

シャダイカグラは、年が明けて二月、エルフィンステークスでも勝ち、三月のペガサスステークスにも勝った。その時点で、七戦五勝である。私は精も根も尽き果てて、単勝馬券を買う気力も失《な》くしていた。

「ほんまに、俺の手から桜花賞がぽろっと落ちそう……」

そのころになると、私も悟りの境地、言い方を変えれば、ひらきなおりの心境。マインドマギーは、腰の具合が悪くなって放牧。リングリングベルは、体重が三百八十キロに減り、デビュー戦は十六頭立ての十三着、二戦目は十頭立ての十着、つまりビリで、あげくタイムオーバーで一ヵ月間の出走停止処分をくらい、これまた鹿児島に放牧。もう目もあてられないありさまである。

そこまで行き着いて、私はやっと本当に冷静になった。生まれて初めて、自分で馬を買うために北海道に行き、最初に見た馬が、桜花賞を制しようとしている。そのようなことは、滅多に体験出来ないことではないか。毎年、八千頭前後のサラブレッドが生まれ、そのうちの半分が牝馬だとしたら、四千頭の中からたった一頭が桜花賞馬となるのである。私はその四千頭の中の、たった一頭に、一番最初に出会ったのだ。しかも、伊藤雄二調教師は、その馬が桜花賞を取ると断言したに等しい。もうこうなったら、この滅多にない体験を実現させてくれたほうが、当方もすっきりする。あとになれば、誰も信じないほどの稀少《きしょう》な話のタネになるではないか。私はそう思うようになった。

そして、桜花賞の日、本気でシャダイカグラを応援した。実際、ゴール前、私は、シャダイカグラの名を連呼していた。

かくして、シャダイカグラは平成元年の桜花賞馬となり、私の手から桜花賞がぽろっと落ちていった。この調子でいけば、ことしのオークスまでも、ぽろっと落ちかねない。

しかし、いま、私は伊藤雄二調教師に脱帽し、たいしたものだと感嘆している。サラブレッドが、どれほど繊細でもろい生き物かを知っている人ならば、桜花賞を取ると断言して、それを見事に成就《じょうじゅ》させた伊藤雄二調教師の相馬眼と腕前に頭を下げるだろう。その意味において、伊藤雄二調教師は見事である。

「宮本さんの手から桜花賞がぽろっと落ちました」というセリフを、去年の秋に言ったことも、また見事だと思う。

しかし、いつか、この仇《かたき》は討つぞ。馬の仇は馬で討つぞ。「伊藤雄二先生の手から、ダービーがぽろっと落ちました」と言ってやるぞ。

ああ、こんな私を、誰か止めてはくれないものか。私の性格を分析するまでもなく、しがない物書きの身で、ダービーをとるまで馬を買いつづける、なんて泥沼にはまり込むのは明々白々である……。

1989.6

Ⅱ　なまけ者の旅

白鳥と、その足――中国への旅

大地

私の父は、日中戦争が始まる前まで、対中国貿易を営んでいた。戦争は、その国の人々のすべてに（とりわけ民衆に）悲惨な犠牲を強いるが、父もまたその愚かしい戦争で人生を大きく狂わされたひとりである。父には、たくさんの中国人の友人がいた。一年の内の半分を上海《シャンハイ》や南京《ナンキン》ですごすことも幾度かあったそうである。しかし戦争が父から事業を奪い、中国人の友を奪った。父はよく幼い私に、中国の友人たちの名前をあげ、彼はどうしているだろう、彼は若かったから戦争で死んだかもしれない、と怒りを露《あら》わにして語ったものだった。酒を飲むと、中国がいかに広大な国であるかを話して聞かせてくれた。そして、いったん信用したら、決して相手を裏切らない信義厚い中国人を尊敬していた。

「わしは初めて揚子江を見たとき、だまされているのだと思った。これは河なんかではない。海だと思ったからだ」

幼い私は、対岸が見えないという河の情景を想像してみたが、その途轍《とてつ》もない大河をどうしても脳裏に描くことは出来なかった。父は、そこには二メートルも三メートルもある鯉《こい》が隠れているのだとも言った。拙作『泥の河』には巨大なお化け鯉が登場するが、あるいは父の話が心のどこかに棲《す》みついていて、無意識のうちに私の作品の中に浮かび出たのかもしれない。

父は、しばしば私に言った。

「日本は中国と国交を回復しなければいけない。日本の文化は結局は中国から学んだものではないか。日本人は小さい。こんな小さな国で生きていると、人間までが小さくなる。いつの日か国交の回復される日が来たら、お前は必ず中国の大地を見てこい。いろんなものを学ぶだろう」

父が死んだのは一九六九年である。だから父はついに日中の国交回復の実現を見届けぬままこの世を去ったことになる。父は勿論《もちろん》政治家ではなかった。事業に敗れてからは財界人にもなり得ず、市井《しせい》の一庶民として不遇の晩年をおくったのだが、著名な政治家や財界人に優《まさ》るとも劣らない熱望を、中国との国交回復に対して抱いた人であった。それはいったいなぜだったのだろうと、私はときおり考えてみることがある。

もう生涯逢《あ》うことのかなわぬ、中国人の親友たちへの思いもあったであろう。だがそれだけではなく、父はおそらく、自分の目にした中国の大地に、言葉に尽くせぬ神秘性と可能性を、さらには精神文化の豊饒《ほうじょう》さを見て取って、尊敬と憧憬《どうけい》の念を持ちつづけていたのではないかと思うのである。

私は、去年の九月の半ばから、約二週間、中国を旅した。父が生きていたら、何が何でも一緒について行くと言い張って譲らなかったであろう。中国の大地から、お前はきっといろんなものを学ぶだろう。その三十年近い昔の父の言葉が鮮やかに甦《よみがえ》ってくる。

なまけ者の見た中国

今回の日本作家代表団の中で、私は最も歳若《としわか》いくせに、最もなまけ者であったと思う。他の先輩作家の方々が、こまめにメモをとり、こまめにスケジュール以外の街の散歩や買物などに出掛けているというのに、私はメモもとらず、ひとりで宿舎の窓から外の景色に見入ったり、ロビーに坐《すわ》って、働いている中国の青年の顔を、失礼にならぬよう垣間見《かいまみ》ることで、空いた時間をつぶした。北京《ペキン》でも西安でも成都でも桂林《けいりん》でも、最後の上海でもそうであった。

　私はどこの国を旅行しても、あまり動かない。なまけ者だということが、第一の理由だが、ひとところにじっとして、これと目星をつけた人間や風景を見ているだけで充分ではないかと考えているからである。それでずいぶん損をしている部分もあるに違いないが、得をする場合も多いような気がする。

　私は生まれて初めて中国という国を見た。いろんなことを感じたが、それを要約して、言葉にすれば、「他国人が真に中国を見るためには千年以上の年月が必要だ」ということであった。私はうちひしがれた。うちひしがれたということが、今回の旅行で得た唯一《ゆいいつ》の功徳《くどく》であった。北京でそれを感じた私は、他の都市を訪れても、もはや街の散歩など無用な労力に思え、いっそうなまけ者と化したわけである。では、何にうちひしがれたのか。私が接した何人かの中国人の懐《ふところ》の深さにであった。もちろん、中にはならず者風情《ふぜい》もいれば、幇間《たいこもち》もいた。どんな国にもその手合は混じっている。けれどもそうでない中国の人たちの、あの懐の深さには、おそらく日本人は太刀打ちできない。中国の歴史と巨大な国土を核にすえた人間性の違いは、それが悪であれ善であれ、我々とは勝負にならない。

　かつては中国が、東洋におけるあらゆる文化の設計士であり、大工であり左官であり、技に長じた棟梁《とうりよう》であった。時代の烈《はげ》しい流れに乗って、いつしか日本は経済大国と呼ばれるようになった。だが極論すれば、日本は腕のいい大工さんや左官屋さんの国にしか成り得なかった。見渡せば、設計士と、棟梁がいない。ゆえに、本当の家を建てることができないでいる。幾つかの風波を経て、やがて再び中国の時代が来るだろう。なぜなら、さまざまな事件によって大工さんや左官屋さんを喪《うしな》いはしたが、設計図を無限に秘しているからである。懐の深い棟梁の候補が、いま、中国の若者たちの中に生まれて来ている。大工さんも左官屋さんも懸命に技を磨いている。私は、そんな若者たちを見て、うちひしがれた。政治の分野にせよ、芸術の分野にせよ、経済の分野にせよ、中国は設計士として、職人として、棟梁として近い将来甦って来ることは、ほぼ確実であろう。懐の深い中国であるから、民衆の幸福のために見事な調和を持つ思想の設計図をひいてみせるだろう。そんな予感を抱きながら、私は中国の旅を実り多く終えさせていただいた。

北　京

この一文を書くにあたって、まず私は、中国作家協会の諸先生方、行く先々で車を運転して下さった名も知らぬ運転手さんたち、そして陰にあって夜も昼もなく、私たちの快適な旅のために、汗まみれになって動き廻って下さった多くの工作員の方々に、衷心よりお礼を申し述べておきたい。

さて、私の中国紀行であるが、私は書くべき何物も持っていない。私とて、長いあいだの念願であった中国へ行くのだから、新しいノートを五冊も買って飛行機に乗ったのである。しかし、私は北京空港に着いて三十分もたたないうちに、ノートをとることをやめた。それは、厳文井先生、朱子奇先生、鄧友梅先生をはじめとするお出迎え下さった方々と空港の一室で懇談している際、あるものを感じたからである。にこやかに悠然とジャスミン茶を飲みながら、厳文井先生も朱子奇先生も鄧友梅先生も私たちと話をしている。ところが何人かの工作員が、せわしなく部屋を出入りし、何やらせっぱつまった表情を垣間見せるのである。何かのトラブルが生じたことは、私にも察することが出来た。いったいどんなトラブルだろう、と考えたが、もとより私が考えてみたところで詮《せん》ないことである。そのうち、いかなるトラブルが生じたのかがわかってきた。私たちの泊まるはずであったホテルの部屋が、他の宿泊客に奪われてしまったのだった。ところが、工作員の報告を耳元で聞く厳文井先生も朱子奇先生も、それを眺めている鄧友梅先生も、その表情に、ひとかけらの険しさも動揺も表わさない。私は一羽の巨大な白鳥を想像した。水面の白鳥は静かに悠々と池を滑って行くが、目に見えない両足は烈しく動きつづけている。なるほど、これが中国のひとつの姿なのだな。私はそう思い、やれこの遺跡は紀元前何千何百年のものだとか、この鶏は一羽幾らだとか、この橋の名はこう書くとかをノートにしたためることなど、馬鹿馬鹿《ばかばか》しくなってきたのだった。私はきっと行くところ行くところで、白鳥とその足を見るだろう。私は観光旅行に来たのではない。だから白鳥のそれぞれの容姿、そしてそのときどきの足の動かし方を心に刻んでさえおけばいい。それによって私も少しは成長出来るだろう。そう思って、私はノートを鞄《かばん》にしまい、肩の力を抜いた。

このトラブルの解決の仕方も、また見事なものであった。ひとまず北京飯店のロビーに移って、私たちはアイスクリームを食べていた。その間にも、中国作家協会対外連絡部の陳喜儒先生も、他の若い工作員たちも、たびたび席を立ち、あちこちに電話をかけつづけている。何ヵ月も前に予約してあった部屋がふさがって当惑し、不安や怒りを露わにさせた旅行者たちでロビーはごったがえしていた。

「どうなとなりやがれ」

私がそう思っていると、井出孫六先生は、

「いざとなったら、このロビーでざこ寝したっていいじゃないか」

と言った。しかし私たちはそれからまもなく、何台かの車に分乗して、北京郊外にある頤和園《いわえん》の大きくて頑丈な門をくぐっていたのだった。このかつて西太后の別荘であった絢爛《けんらん》な、それでいて限りなく深閑とした建物に、望んでも泊まれるものではない。北京飯店から頤和園への変更……。それは一見、じつにあざやかに成されたのだが、そこに至る時間と道筋の底を想像すると、私の心は昂揚《こうよう》し、やがて謙虚になり、中国という巨大な国の微小な一点に、ほんの片足の先っぽを触れたことに対して、不思議なおののきと感謝を抱いたのであった。北京飯店から頤和園への変更は、権力と、民衆の汗とによる手品である。この私の言葉に異論を唱える人は多いだろう。作家協会対外連絡部の陳喜儒先生も、若い工作員たちも、一般労働者ではなく、役人の一員ではないかと。しかし、片時も火のついた煙草《たばこ》を唇や指のあいだから放すことなく、ずれたままの眼鏡越しに、

「ボク、エントツニンゲーン」

と言って笑う陳喜儒先生の表情や、氏の家族に対する語り口を知る人は、氏だけでなく、若い工作員たちも幸福と平和を願う民衆であることを理解するに違いない。

権力と、民衆の汗……。これはつねに対立する。だが権力者が民衆を愛しつづけるとき、権力者が自らの内なるエゴイズムに勝ちつづけるとき、そして権力者が、その

権力を持ったまま墓に入ることなど出来ないことを認識しつづけるとき、そこに思いもよらぬ妙《たえ》なる手品を披露するのである。すでに歴史は、悪の手品のタネを明かしている。権力者が手品師で、彼の手から飛び立つ無数の鳩《はと》が民衆だと思うのは錯覚だ。じつはその反対であらねばならぬことをも、歴史は充分過ぎるほど、私たちに教えてくれているのである。そして、この手品という技術において、おそらく中国の右に出る国はほかにない。北京に着いて早々の些細《ささい》なハプニングは、以上のような感慨を私にもたらしたのであった。

私はその夜、かつてどのような美女が、いかなる夢に微笑《ほほえ》んだのかと思わずにはいられない贅《ぜい》を尽くした一棟の、高く大きいベッドに横たわった。

「案外、鬚《ひげ》もじゃの、助平なおっさんやったりして……」

などとひとりごちて天井を見つめると、いる、いるのである。蚊が一匹いるのである。私は、蚊に刺されるのと、歌をうたわされるのが、死ぬほど嫌いなのだ。普通なら、その蚊を殺してからでないと決して眠れない私なのに、なぜか自分までが中国の大人《たいじん》になった気分で、

「俺の血、まあ、好きなだけ吸えや」

と語りかけ目を閉じた。ふと、目をあけると朝になっていた。中国は、蚊までが大

きい。蚊は遠慮なく私の血を吸いたいだけ吸ったらしく、右の人差し指が倍近くも膨れあがっていた。

私たちは頤和園から香山飯店に宿舎を移し、北京での四日間を終えた。西安へ向かう私たち一行を、厳文井先生や朱子奇先生、そして北京滞在中ずっと通訳を務めて下さった自称〈亭主関白〉の頼育芳先生など、多くの方々が空港まで見送りに来て下さった。私は、飛行機を待つあいだの懇談中、何度も、頤和園で考えたことを思い起こした。私は何かとても簡単な言葉で、自分の考えを表現したいと思い、頭をめぐらせていた。すると、朱子奇先生が、これから社会へ出て行く教え子に訓辞を述べる校長先生みたいに、幾分表情をひきしめ、人差し指を立てて言った。

「内政は、不干渉であるべきです」

西安

西安で、私はふたりの文学者と出逢った。物静かで、まだ大学生のような風情を宿す詩人の汪炎先生と、眼光鋭い熱血漢であることを感じさせる作家の李小巴先生である。私はおふたりと個人的にお話しする機会を最後まで持てなかった。今回の旅の中で、それはただひとつの心残りである。汪炎先生は私とほぼ同年齢で、李小巴先生は四十五、六歳とお見受けした。

　私たちが、あの楊貴妃の住まいであった華清池《かせいち》を訪れた際、少し奥まった場所に莫《ご》蓙《ざ》で囲いをした一角があった。中では、まだ地下に眠っている遺跡の発掘作業が行なわれていた。私がその作業ぶりを見ていると、軍服を着た男がやって来て、何か言った。たぶん、

「こら、勝手に入るな。あっちへ行け」

　と言ったのであろう。中国語はわからなくても、その口調でだいたいの察しはついた。なんだ、見てはいけないのか。それなら、そのような立て札でも立てておけばいいのに……。そう思いながら、私は別の場所へ歩を運んだ。汪炎先生はひとことも発せず、軍人を睨《にら》みつけ、李小巴先生は、シャツの袖《そで》をまくって短いが、はっきりと怒りをあらわす口振りで言い返した。もし、鄧友梅先生が仲裁に入らなかったら、事はすんなりおさまらなかったであろう。それくらい、汪炎先生の無言の表情は烈しく、李小巴先生の口調は闘志に溢《あふ》れていた。兵隊だろうが何だろうが、やってやろうじゃねェか。何だ、その言い方は。もう少し穏やかな言い方をしたらどうだ。犬や猫を追っ払うような真似《まね》をしやがって……。李小巴先生は本当にやる気充分であった。しか

し、相手は兵隊である。私は心配して陳喜儒先生に大丈夫だろうかと訊《き》いた。私と陳先生とは北京で友情を結び、互いを日本流に「……ちゃん」と呼び合うようになっていた。

「ダイジョーブヨ。テルチャンハ、シンパイシナクテイイヨ」

けれども陳先生も、多少気になるらしく、成り行きをうかがっている。

「陳ちゃん、ふたりを早く連れてこようよ」

「鄧友梅先生ガイルカラ、モウオワルネ」

やがて兵隊のもとから離れ、私たちの休んでいるベンチへやって来た汪炎先生の表情は繊細で優しく、李小巴先生の顔は何事もなかったかのように穏やかで、しかも凜《りん》としていた。

ところで、私が〈陳ちゃん〉と呼ぶことにはいささか問題があった。〈陳〉は日本語では〈チン〉と発音するが、中国では、チェンとチャンの中間なのである。これは日本人には非常に難しい発音で、もし〈チャン〉と言ったら、陳ちゃんは〈チャンチャン〉と呼ばれるはめになる。彼がそれを日本語流に解釈すれば〈チンチン〉と呼ばれているわけで、私がその頭に丁寧語である〈オ〉をつけたりしたらどうなるか。これはちょっとまずいなァ。そう思って、私は陳喜儒先生に、

「ぼくが、陳ちゃんと呼ぶのはあまりいいことではないと思うなァ。つまり、陳ちゃんはチェンチャンでもあり、チャンチャンでもあり、そのチャンチャンは、チンチンということになって……」

説明しているうちに、私が自分でも何を言っているのかわからなくなってきたのだった。で、結局、

「テルチャン、チンチャンデ、イイヨオ」

という陳喜儒先生のお許しを得たのである。

「エントツニンゲンノ、チンチャンネ」

彼は、いま消したばかりなのに、もう新しい煙草に火をつけて立ちあがった。

華清池には蓮《はす》の花が咲いていた。蓮の花は、他の花と違って、その花弁を、ぱっと一瞬に開くのだ。しかも泥の中に根を張っている。私はたくさんの中国人の行楽客に混じって、蓮の花を見ていたかったが、スケジュールは、これから兵馬俑《へいばよう》博物館に行くことになっていた。

兵馬俑は、言語を絶している。あれもまた遺跡ではあるが、静寂と気《き》魄《はく》と妖気《ようき》がないまぜになった生命のたゆとうひとつの不気味な宇宙である。何百体もの兵士と馬は、いまにも動き出して地面を揺らすかのような幻想を私にもたらす。だから、私は兵馬

俑について書くことをやめる。あだおろそかに、兵士の顔はかくかくしかじかで、馬のたてがみはこのようになびき、などと書いたら、私は作家としての精神を疑われるだろう。

西安における遺跡めぐりによって、私は自分でもまだ気づかないほどの、多くのものを学んだはずだ。たとえば、地下に安置されている永泰公主の墓は、その近くで発見された、人ひとりがやっと這《は》って進める程度の、長い長い地下道によって、私を茫然《ぼうぜん》と立ち停まらせるのである。何千年も昔、支配者やその親族が死ぬと、棺《ひつぎ》の中に夥《おびただ》しい財宝も一緒に葬《ほうむ》られた。人は必ずいつか死ぬのであるから、やがてある場所に葬られることも決まっている。そして当時の習慣として、そこは一生どころか、孫の代まで左うちわで暮らせるだけの財宝に埋め尽くされるのである。だが、王も、その親族もいつ死ぬとは誰もわからない。わからない死期を、何年も、あるいは何十年も虎視眈眈《こしたんたん》と待ちながら、いつか墓になるであろう地点めざして秘密の地下道を掘りつづけた男がいたのである。考古学者が墓を発掘したとき、財宝は消え去り、代わりにもう一体の骸骨《がいこつ》が発見された。どうやら泥棒はふたり組だったらしい。ふたりは力を合わせて、地下道を掘りつづけた。王やその親族が死ぬ前に、自分たちのほうが先に死んでしまうことはおおいにあり得るし、たとえ誰にもみつからず地下道を貫通しても、王も、その親族もいつ死んでくれるかはわからず、ひたすら待つしかない。この途方もなく遠大な、しかも活力に満ちながらも、どことなくユーモラスで虚無的な計画。彼等を一介の泥棒などと誰が言えよう。石川五右衛門《ごえもん》なんて、ちいせえ、ちいせえ。ねずみ小僧に至ってはお話にもならない。私は彼等の悪戦苦闘と忍耐力に降参し、喝采《かっさい》の拍手をおくり、ちっぽけな自分にうなだれたのである。そしてもうひとつの事実の前に、再度黙して立ちつくしてしまう。そのふたり組の鉄の団結も友情も、財宝を目《ま》のあたりにしたとき、いっきょに崩れ去った。ひとり占めしたくなって、どちらかが殺されたのだ。だから棺の中の、もう一体の骸骨は、殺された泥棒の片方である。私は陳喜儒先生に訊いた。どっちが貴人の骨で、どっちが泥棒の骨なのか区別はついたのかと。

「ワカラナイヨ。ダカラ、ハクブツカンニハ、フタツノホネガ、チンレツシテアルネ」

「凄《すご》いなァ。なんと凄いやつがいたもんだろう。日本の政治家なんて足元にも及ばんな」

「テルチャン、ボクニモ、デキナイヨ」

私は笑いながら、

「いまの中国に、そんな泥棒と似た男はいるかなァ」

とそれとなくつぶやいたが、陳ちゃんもそれとなく応じた。

「シンダリ、トシヲトッテシマッタリネ」

古《いにし》えの都・西安の大雁塔《だいがんとう》にのぼったとき、私はかつて長安と呼ばれていた時代の春をうたった李白《りはく》の詩を思い浮かべようとした。しかし、思い出すことは出来なかった。

その夜、宿舎である西安人民大廈《たいか》で催された歓迎宴会での料理は素晴らしいものであったが、私にとってもっと心打たれたのは、劉建恵先生をはじめとする同席した西安外事課の青年職員の、ゆったりとしてしかも凜々《りり》しい立居振舞いであった。確かに偉大な中国の指導者たちの多くは、長征の途上で、あるいは文革の最中に、近くは四人組の時代に、この世から去ったり、あるいは実際の年齢よりもはるかに老いて見えるほど心身を消耗した。それは何も政治家だけでなく、芸術家も同じであったろう。けれども、このような頼もしい若者たちが控えているではないか。彼等はみな二十代の若者だが、大人の風格を祖先と風土から受け継ぎ、懸命に学び、外国の客を前にして威風堂々としながらも礼節を欠くことはない。いまの日本の青年が、いかに精密な観念の空論を並べたてて、束になって渡り合っても、到底かないっこないだろう。そのような中国の若者たちが、あらゆる分野で訓練を受けているのである。私は二十一世紀に思いをはせ、大昔の、永泰公主の墓から財宝をまんまと盗み出した泥棒のことを考えた。

列車で成都へ発《た》つ間際《まぎわ》、握手を交わしながら、汪炎先生も李小巴先生も涙を浮かべていた。

成都

西安から成都への長い列車の旅が、私にとって最ものびやかな時間であった。私はコンパートメントの広い寝台に長々と寝そべって、鄧友梅先生の作品『陶然亭綺談《きだん》』を読んだ。鄧友梅先生と私とはすでに北京で兄弟の契《ちぎ》りを結んでいた。歳《とし》の離れた兄と弟である。私は北京でも西安でも、朝、鄧友梅先生と顔を合わせるたびに、

「鄧お兄さん、おはようございます」

と言う。すると鄧先生は、

「オー、テルオトウトヨ、オハヨウゴザイマス。ヨクネムリマシタカ?」

と言って、その大きな腕で私を抱きすくめるのである。この多くの苦節を味わった有能な作家の経歴は、ここではあえて触れない。しかし鄧お兄さんの作品については、

少々触れておかねばならない。彼は、優れた文章力を持つ優れたストーリーテラーである。きちっと押さえなければいけない部分での描写力は緻密《ちみつ》で奥深く、読み出したら最後まで読者をあきさせない物語作りのうまさは、中国伝来の華麗さを、その一見暗い調べの中に受け継いでいる。さらには、彼の精神には無限の小説が眠っている。鄧お兄さんが埋蔵している作家としての財宝を推し量るとき、私は自分が未熟な若造であることを思い知り、なまけ者である自分を恥じる結果となる。だが、鄧先生の無限の可能性は、まだ十全に発揮されないでいる。それはじつに無念な、惜しむべき事実なのだ。しかし、これ以上は言わずにおこう。朱子奇先生に叱《しか》られる。

「内政は、不干渉であるべきです」と。

私の成都という地についての知識は、巴金先生の名作『家』によってのみ心に刻まれている。そしてただそれだけで、まだ見ぬ成都の街並が、疎《そ》水《すい》の流れ行くさまが、甍《いらか》の光沢が、眼前に映し出されるのだった。私は夜、皆が寝てしまった寝台車の通路に坐《すわ》って、マオタイ酒のお湯割りをひとりでいつまでも飲みつづけた。あの「家」は、どうなってしまっただろうとか、もう遺跡や名所旧跡の見物は勘弁してもらいたいなとか、北京でもいい、西安でもいい、これから行く成都や上海でもいい、人々の住んでいる場所に一軒小さな家を借り、一年ほど暮らしてみたいなとか考えながら……。

成都は不思議な寂寥感《せきりょうかん》を持った街であった。滞在中、絶えず厚い雲に覆《おお》われ、ときおり強い雨に見舞われたからというわけではなく、街自体がそのような〈性《さが》〉を持ちつづけてきたのだろうと私は思う。ここには諸葛孔明《しょかつこうめい》を祀《まつ》る武侯祠《ぶこうし》と劉備《りゅうび》の墓があるということも私には何かしら暗示的であった。中国作家協会四川分会の李友欣副主席、王徳成副秘書長、事務局員羅瑜蓉女史が出迎えて下さった。羅女史の美しさは、我々日本人作家たちを、いささか緊張させるほどである。私は羅女史の美しさに導かれて、もうご免こうむりたいと願っている名所旧跡を歩いたようなものであった。私が景色よりも羅女史を見ていると、水上勉《みずかみつとむ》団長に、

「こら、いやらしい目をするな」

と耳打ちされた。

「いやらしい目をしていますか」

「しとる、しとる。その目は、日本の作家の恥である」

そのくせ、水上団長は次のようにささやいた。

「羅さんは、独身であるか。当年とって何歳であるか。もし結婚しているなら、子供はいるのか。いるとしたら、その子は何歳か。輝ちゃん、きょう中に調べておくように。これは団長命令である」

団長命令とあらばいたしかたないが、そんなことを調べるほうが、よっぽど日本の作家の恥になるのではあるまいか。私は、日中文化交流協会の佐藤純子さんに〈団長命令〉が下されたことを伝えた。佐藤さんはくすくす笑いながら、その場で羅さんに声をかけた。

「お歳は二十四歳、お嬢さんがひとりいらっしゃるそうですよ」

私はそれを団長に伝える。

「だいたい、あんな美人を、指くわえて放っておく男なんかいませんな。亭主がいて当たり前です」

「まあ、確かにそのとおりやな。しかし、羅さんみたいな女性は、日本にはおらんようになった。そう思わんか？」

「しみじみと思いますなァ。気品があって、頭もいい。しかもまったく化粧っ気なしで、あんなに美しい。そのうえ、たおやかなところもある。日本にはひとりもいなくなったんじゃありませんかねェ」

その羅女史は、私たちが成都滞在中、ほとんど眠らなかったようである。私たちの知らないところで、日本の作家たちのために働きつづけていた。そしてそんな気配を微塵《みじん》も漂わせず、控えめに、しかもきびきびと私たちを案内して下さった。ここでも、私は一羽の白鳥を見たことになる。

翌日、二千年前に成された大水利工事の、都江堰《とこうえん》に圧倒され、その余韻をたずさえたまま、巴金先生の「家」があった場所に向かった。「家」はなかった。そこには軍隊の宿舎が建っていたのだった。だが往時をしのばせる民家が、成都市内の正通順街に軒を並べていた。そのたたずまいにいっとき身を沈めるだけで、私はもう充分であった。

その夜、宿舎の錦江賓館で、中秋節を祝う宴会が催された。小人数の、心のこもった、なごやかな宴会であった。月は出ていなかったが、みんなの心には、それぞれの煌々《こうこう》たる満月があったような気がする。

桂林・上海

〈水にあたって腹をこわす〉ということは何度か経験したが、山にあたって腹をこわしたのは初めてである。桂林に着いて、私はこの地が地理的に言えば亜熱帯地域に属しているのを知った。とにかく外は三十八度という暑さである。その中での灕江《りこう》下りは、セーターを必要とするくらい涼しかった成都からやって来たばかりの私たちにとっては、突然サウナ風呂《ぶろ》に放りこまれたようなものである。河には水牛が泳いでいる。だが、この地域の文連及び作家協会の副主席であり、広西師範大学教授でもある林煥平先生は、五時間もの灕江下りのあいだ、笑みを絶やすことはなかった。

最初は、ああ、確かにこの山の形は、絵や写真でおなじみの桂林に間違いない、と思っていたが、行けども行けども同じ形の山ばかり見ているうちに、暑さのせいもあって、頭がぼうっとしてきたのである。私は半分居眠りをしながら、水上団長と林煥平先生の会話を聞いていた。そのうち私にも、もう七十歳に近いであろう林煥平先生の、文学に対する並々ならぬ情熱が伝わってきた。林先生は桂林でも文学雑誌を創刊し、若い作家を育てようと闘志を燃やしているのである。その情熱と、三十八度の温度と、どっちが熱いか。私は衿《えり》を正し、林先生と話をしようと思ったが、ものの十分も話さないうちに、桂林の暑さに音《ね》をあげた。私は小さな船上で涼を求め、あっちへ行ったり、こっちへ行ったりするばかりだった。永泰公主の墓から財宝を奪った泥棒の、爪《つめ》の垢《あか》でも煎《せん》じて飲もう。

巴金先生のお住まいを訪問したのは、上海に着いた翌日である。私が『家』を読んだのは中学三年生のときであった。そのとき、自分が二十年後に、この偉大な作家のお住まいで、直接お話しをする機会が訪れるなど夢寐《むび》にも思わなかった。私は『家』

を、中学生のとき、教師に隠れて授業中読みふけったのだが、そのエピソードを巴金先生にお話ししている途中、何度も涙が溢《あふ》れそうになった。私はそれを誰にも気づかれたくなかったので、喋《しゃべ》ることよりも涙を抑えることに精力を使ってしまい、これでも作家かと思われても仕方がないような稚拙な言葉しか出てこなかった。そんな自分がまどろこしく、同時になさけなかった。

ひとりひとりが、巴金先生と握手をしてお別れのご挨拶《あいさつ》を述べた。私が、巴金先生に、

「ますますの御長寿をお祈りいたします」

そう言うと、巴金先生は、

「『泥の河』を読みました」

と小声で言って微笑《ほほえ》まれた。私は驚き、また涙が溢れそうになった。

上海は、中日戦争が始まるまで対中国貿易を営んでいた父が、しばしば逗留《とうりゅう》した地である。中国を旅する直前、母に訊《き》くと、そのころはまだ父とは結婚していなかったので、父が何歳ぐらいのとき上海に逗留していたのかはよく知らないが、と前置きし、

「たぶん、いまのお前と同じくらいの歳だったのではないか」

そう言ったのであった。私は内山書店の旧跡あたりを歩きながら、中国人を尊敬し、

中国という国を愛した父も、何十年か昔、きっとこの道を歩いたに違いないと思った。そしてなぜ父が、ひとりの人間として、中国を、中国の多くの友人を尊敬していたのかを知ったのである。

中国旅行中、水上勉団長は私たち団員をリラックスさせ、宴席を楽しくさせる名人であった。中野孝次先生は友人作りと買物の名人、井出孫六先生は探検の名人、黒井千次先生は居心地のいい喫茶店をみつけだす名人であった。とすれば、私は何の名人であったろう。せいぜい、みんなに食べられてしまわないうちに、こっそりザーサイを粥《かゆ》の中へ隠してしまう名人でしかなかった。

1984.5

手品の鯉《こい》――中国再訪

前回の日本作家代表団につづいて、二度目の中国旅行に参加させていただいた。行程の中で、昆明、広州、南京《ナンキン》は初めてその地を踏んだことになる。とりわけ、昆明から広州への空路二時間余の移動で、私は茫然《ぼうぜん》となるほどのカルチャー・ショックにおそわれた。年中春で、少数民族の村落が点在し、長い歴史の香りをそのまま伝える昆明から、香港《ホンコン》と見まごうばかりの近代都市・広州へ入ると、驚きよりも余計な心配をしてしまった。私は、そのことを、御一緒した青野聰さんに耳打ちした。

「このまま突っ走っていけるもんかな……」

他国に対する大きなお世話とも言うべき不安は、北京《ペキン》でも南京でも上海《シャンハイ》でも、私にまとわりついて離れなかった。日本が戦後四十年かかって辿《たど》り着いた超近代化を、中国は十年足らずでやろうとしているような気配を感じたのである。その気配は、訪れた五つの都市のそこかしこに充満し、豪華なホテルや、諸外国の観光客や商社マンと中国民衆とのあいだに、大きな落差を生じさせている。それは、急な成長に生じる自然のなりゆきであろう。しかも日本人の団体観光客のおっさん連中は、相変わらず札びらをきり、傍若無人にふるまい、ホテルの女性服務員の体に触れたり、下品な言葉を投げかける。今回の中国旅行ほど日本人を恥ずかしい民族だなと感じた旅はなかった。

北京で、私と青野さんは、雑技を観《み》た。たかが曲芸であろうとたかをくっていたが、いつしか、観客に混じって、私は口をぽかんとあけ、夢中で拍手していた。いったいどこまでやったら気がすむのかとあきれるくらい皿を廻し、高く積んだ椅子《いす》の上で、頭に壺《つぼ》を乗せたまま逆立ちをされると、これはもはや雑技などと呼ぶべきものではなく、恐るべき芸術だと思えて、ただひたすら拍手するしかなかったのである。

金魚を使う手品があった。手品師は、空中から大きな網で何十匹もの生きた金魚をすくい、水槽に入れた。それを何回もやってみせる。最後は、釣り竿《ざお》を持って観客席に降り、ひょいと釣り糸を振ると、巨大な錦鯉《にしきごい》を釣りあげた。私も青野さんも度肝を抜かれた。タネのない手品など断じてないのだから、そのタネをなんとか見破ってやろうということになり、目を皿のようにして手品師の周辺や釣り糸の行方を追ったが、確かに錦鯉は、観客の目前の空中から烈《はげ》しくはねながら釣り針に引っ掛かってくる。

「凄《すご》いなァ、魔法だよ」

と青野さんは溜息《ためいき》をついた。

「観客の中になァ、さくらがいてるんや」

私は腕組みをしてそう言った。

「さくら……？」

青野さんは笑い転げ、それならば、さくらは、あのでっかい錦鯉を、どこに隠しているのかと訊いた。

「あれは生きてるんだぜ。ポケットの中に入れとけないよ。だいいち、あれだけたくさんの観客に気づかれないようにして、どうやって釣り針に掛けるんだよ。俺は絶対に、さくら説は認めんぞ。そんな馬鹿《ばか》なことがあるか」

「いや、さくらがおるぞ。名人芸のさくらが必ず隠れてる。主役はさくらや」

旅が終わるまで、私と青野さんは顔を合わせるたびに、手品のタネをめぐって、思いつく限りの珍説を出しつづけた。私は「さくら説」を決して曲げない。

1987.2

乗り物嫌いの旅行好き

私の初めての海外体験は『ドナウの旅人』という小説のための、東西ヨーロッパ六ヵ国の旅であった。スカンジナヴィア航空を利用して、西ドイツのフランクフルトへ行き、そこから車やバスや列車を乗り継いで、ルーマニアの果てのスリナという河口の村までの旅である。

私には不安神経症という持病があるため、乗り物が嫌いだが、そんな持病がなかったころでも、飛行機に対しては特別な恐怖心を持っていた。確か芥川賞を受賞した年だったと記憶しているが、ある雑誌に「夜空の赤い灯」と題する随筆を書いている。その中に次のような箇所がある。

——会社勤めをしていたころ、どんな遠隔地に出張を命じられようと、私はかたくなに地上の乗り物を選んだ。あるとき、急用でどうしても飛行機を利用しなければならない事態が起こった。私は泣きの涙で航空会社の出張所まで行き、切符の手配を頼んだ。待っているあいだ、カウンターに並べられてあるパンフレットを読んでいた。ジャンボ機の総重量が約三百トンと記されているのを見て、私は慌《あわ》てて切符の取り消しを頼んだ。カウンター嬢は怪訝《けげん》な面持ちで払い戻してくれたが、私にすれば、三百トンもの金属のかたまりがなぜ空に浮くのか、そのほうがよっぽど怪訝であった。それ以後、飛んでいる飛行機を見つめて、あれは偶然浮かんでいるにすぎないのだと自らに言いきかせてきた。——

少々長い引用になったが、私が芥川賞を受賞したのは昭和五十三年であるから、約七年前ということになる。それから四年後の、昭和五十七年の秋、私は生まれて初めて異国の地を踏んだ。勿論《もちろん》、飛行機で。

私は、日本に帰って来るまで、いったい何回の離着陸があるのかを計算した。私は関西に住んでいるので、まず大阪から成田へ行かねばならない。成田を離陸、アンカレッジに着陸、アンカレッジを離陸、コペンハーゲンに着陸、コペンハーゲンを離陸、フランクフルトに着陸。往路だけで八回の離着陸である。帰路はもっと増える。ルーマニアのブカレストからミュンヘン経由のフランクフルト行きに乗らなければならないからだ。そうすると、帰路は大阪空港に帰り着くまで、十二回の離着陸で、往復二十回の緊張を味わうことになるのだった。

「二十回！　そんなにあるんですか？」

成田空港の待ち合い室で、同行する担当記者が、自分も指を折ってかぞえながら言った。

「まあ、人間、死ぬときは死ぬ。死なんときは死なん。ひたすら信じるしかないな、科学と自分の運命を」

私はじつに当たり前のことをつぶやいて、いやーな気分を払いのけたのである。それから約一ヵ月後、私たちは無事に大阪空港に着いた。私だけが三キロも太って。ほとんどが社会主義圏であったのにもかかわらず、私はのびやかになっていた。ブダペストの美しさ、ユーゴの夜、ブルガリア大平原、ルーマニアの原野にたたずむ羊飼いの少年……。私は、自分が真にのびやかになれる場所をみつけたのだった。疲れた心をいやす方法を知ったのである。私にとって、それは「異国への旅」だった。なぜそうなるのかは理屈では説明出来ない。異国の広場の雑踏の中にたたずんでいると、帰ったらまた一所懸命仕事をしようと奮い立つ。夜ふけの酒場でジプシーの歌を聴いていると、百の哀《かな》しみが一つの歓《よろこ》びによって帳消しになることに気づく。夕焼けの平原の彼方《かなた》で羊を追って行く少年を、もう見えなくなるまで凝視しつつ、私はたまらなく「生きよう」と思うのである。

それ以来、私は一年に一度、必ず外国を旅して来た。北京、西安、成都、桂林、上海、アテネ、エーゲ海、ローマ、フィレンツェ、イタリアの小さな村々、南フランスの片いなか……。仕事に疲れると、あるいは心が萎《な》えてくると、私はもうひと頑張りしたら、西ドイツへ行ける、イタリアのあの静かな村にまた行ける、そう言い聞かせて机にむかった。

私は日頃、まったく子供と遊んでやったりしない父親なので、贅沢《ぜいたく》だなァと思いながらも、二年前から、ふたりの息子を連れて行くようになった。ただ連れて行くだけで、向こうで遊んでやったりはせず、迷い子にならないよう目を光らせて、好きなようにさせている。息子は十歳と九歳だが、親父《おやじ》よりも上手にローマのバール（立ち食い、立ち飲みの小さなスナック）でうまい料理をみつけ、ちゃっかりと、イタリア人のおっちゃんにおごってもらって帰って来る。私はその間、ホテルでワインを飲んで昼寝をしていたり、カフェテラスに坐《すわ》って、道行く人をぼんやり見やったりしている。親父はまた一年間小説を書いて、来年も春休みを利用してスコットランドに行こうな、ということになっていた。いつもご一緒する西ドイツに住む友人夫妻も、

「来年の旅を楽しみに」

そう言ってくれていたのである。

しかし、ことしの夏の日航機の事故は、私だけでなく、息子たちに、飛行機に対する異常な恐怖を与えてしまった。一部の雑誌の報道写真は、遺族の心情などまったく意に介していない。職業柄、私の家には幾つもの雑誌が送られてくるので、私は事故現場の写真が載っているものは、息子の目につかないところに隠し、早く捨ててしまうつもりだった。ところが、息子たちは何かのひょうしに見てしまったのである。飛行機は、なんと怖い乗り物だろう。そう思った様子だった。

「お父さん、来年の春休みも、外国へ行くの？」

私は、あいまいな返事をするしかない。

「飛行機で？」

そう上目使いに問われて、

「飛行機に乗るしかしょうがないやろ？　船で行ったら何日かかると思う」

と答えた。

「ぼくは、サッカーの練習があるから、たぶん行かれへんと思うなァ」

「ぼくは勉強せなあかんから……」

勉強嫌いの次男が慌てて言った。そして、

「お父さんは、どうする？」

と訊《き》かれた。

「いま、思案中やな」

私はそう言って仕事場のある二階へ昇って行った。すべての飛行機が落ちるわけではないのだが、今回の日航機事故には、なんとなくひっかかる。ボーイング社の早過ぎる修理ミス宣言は、機体構造の重大な欠点を覆《おお》い隠すための策略ではないか、などと勘ぐりたくなる。私にとって、異国を旅する歓びは大きいが、巨大な金属が空を飛んでいるのは、天を恐れぬ人間のうぬぼれだという思いも、いっそう大きくなっている。

1985.9

チトー将軍通り

『ドナウの旅人』という小説の取材で、四年前、東ヨーロッパを駆け足で旅行している。

さまざまな道を歩いたわけだが、四年たって、なお私の中から消えない一本の道がある。ユーゴスラヴィアのベオグラードの中心とも言える「チトー将軍通り」である。別段、風光明媚《めいび》な道ではない。ベオグラード駅からカレメグダン公園へ至る、車と人通りの多い雑然とした大通りなのだが、その通りの真ん中の、市電のレールを踏みながらホテルへ帰った日の真夜中の冷気が、私には滅多にない安寧《あんねい》なひとときとして甦《よみがえ》ってくる。

古い建物が、通りに並び、まだ明かりの灯《とも》っている窓からは、痴話ゲンカらしい声が響いていた。道端には、ジプシーの親子がうずくまり、レールの上を歩いている日本人を、感情のない目で見つめていた。豆電球をひとつしかつけていない本屋は、店をあけていて、そこに並ぶ少ない書籍が輝いて見えた。娼婦《しょうふ》が近づいてきた。私は、彼女が娼婦だと判《わか》っていたが、道に迷って、ホテルに帰るのに難儀しているのだと下手な英語で言った。「奥さんが待ってるの?」「うん、子供も二人待ってる」と私はみえすいた嘘《うそ》をついた。

彼女はコートの衿《えり》を立て、私をホテルの近くまで送ってくれた。十二、三メートルうしろから、警官がそっと尾《つ》けて来た。最終の市電が、前方から警笛を鳴らした。娼婦は軽く手を振って路地へと消えた。ヨーロッパに行けばどこにでもある、変哲もない道である。

1987.2

海岸列車の鉄路

何年か前、私は外国への旅というものにひどく疲れてしまい、異国に魅《ひ》かれる思いさえも失なった。

さまざまな理由はあるのだが、ひとことで言えば、自分は日本をもっと知らなければならないという思いが強くなったのだと思う。

その発端となったのは、何の目的もなく、（たぶん仕事に疲れきって、静かで寂しいものを見たくて）城崎《きのさき》行きの列車に乗り、城崎で降りずに、衝動的に鳥取のほうへ行く列車に乗り換えた日に、新しく書く小説が、その核となる意欲が湧《わ》き起こってきたことによっている。

京都と米子《よなご》を結ぶ山陰本線に、私は何度も乗ったが、いつも城崎で降りて、そこから向こうに行く機会はなかった。

それは、私の父と母にまつわる哀しい思い出が城崎にあって、その哀しさにまつわる幾人かの人々が城崎で暮らしていたので、何かの呪縛《じゅばく》のように、城崎から先へは行く気にならなかったからだった。

しかし、衝動的に山陰本線を城崎から海に沿って進み始め、海と山の狭間《はざま》の小さな無人駅のたたずまいを見つめているうちに、いつのまにか餘部《あまるべ》鉄橋を渡り、浜坂の駅に降りていた。

さっき、鎧《よろい》という無人駅で見た海辺の村のあの静寂は何だったのかと思い、私は米子からやって来た列車に乗り換えて引き返した。

冬の日本海は珍しく穏やかで、雪が海に溶けていくのが見えたが、山側は吹雪《ふぶ》いていて、それを不思議に感じた。

鎧駅に降りたとたん、「海岸列車」という言葉だけが、何の脈絡もなく浮かび、私のなかでひとつの小説がゆっくりと動き始めた。

その後、私は毎日新聞に『海岸列車』という題で長い小説を書いた。

私は、山陰本線の城崎から米子までを、いまでも勝手に「海岸列車」と呼んでいる。日本の風情《ふぜい》をつなぐ日本の鉄路の網の目は底深くて、外国にはない独自のものなので、列車で自分の国のあらゆるところに行くことに凝ってみたいと思っている。

1997.9

ハンガリーの夏

私は、一九八三年の暮から約一年六ヵ月間にわたって、朝日新聞夕刊紙上に『ドナウの旅人』という小説を連載した。

この秋、『ドナウの旅人』はテレビ朝日系列でドラマ化されることになり、約五十名近い日本人の撮影隊が、七月初めから四十日間ものロケーションを行ない、西ドイツ、オーストリア、そしてハンガリー、ブルガリア、ルーマニアでの撮影を無事に終えた。

このように書くと、それがいったいどうしたのだと言い返されそうだが、約三千キロにわたるドナウ河は、東西ヨーロッパを貫いていて、河の三分の二は、東ヨーロッパを流れている。つまり、ここ数年の、ゴルバチョフ政権によるペレストロイカというものがなければ、五十名近い日本人撮影隊がドナウ河に沿って長期のロケーションを敢行することは不可能だったのである。

時代というものは、あるとき、ふいに不思議な動き方をする……。私は、今年（一九八九年）の夏、撮影隊の陣中見舞いのためにブダペストに行き、多くのハンガリー人たちと接して、あらためてそのように感じた。

私が小説の取材のために、初めて東西ヨーロッパを旅したのは一九八二年の秋である。そのとき、ハンガリーの若者たちのほとんどは共産主義とソ連を憎悪《ぞうお》し、中年の人も老年の人も、スターリニズムの時代と一九五六年のハンガリー動乱による傷をかかえて、多くを語らなかった。それから四年後、私は再びブダペストを訪れたが、表面的に何の変化もなく、かえってよりいっそう沈滞した世情を感じたのだが、今年は、まるで何もかもが変わっていたのだった。

若者たちは、「ゴルバチョフ頑張れ」と声高に叫び、スターリニズムで痛めつけられた人もその遺族たちも、自分自身の、あるいは亡《な》くなった夫や親戚《しんせき》の顔写真に、名誉回復をあらわすリボンを飾っていた。けれども、手放しで浮かれてはいない。それどころか、互いが、〈浮かれ気分〉をいましめあっているところまで見受けられる。それハンガリー人たちは、一九五六年の動乱を忘れてはいないし、クレムリンの戦略に対しては、徹底して懐疑的なのである。

にもかかわらず、ハンガリー人たちの表情からは隠しても隠しきれない微笑がこぼれている。全面的に信じたというわけではないが、まあここはとにかくゴルバチョフに賭《か》けてみよう。私が逢《あ》った人たちは、おおむねそれに近い考えを述べた。

七年前、私はブダペストでひとりのハンガリー人の青年と知り合い、縁あって彼の日本留学の世話をした。セルダヘーイ・イシュトヴァーンという名のその青年は、私の家族の一員として三年間、私の家で生活し、神戸大学の修士課程を終えて、一昨年祖国に帰り、いまはブダペスト大学で教鞭《きょうべん》をとっている。今回、私がブダペストへ行ったのは、撮影隊の陣中見舞いもあったが、もうひとつ、彼の父君のお墓参りをしたかったからである。彼の父君は、息子の帰国から約三ヵ月後に亡くなった。父君もまた、スターリニズムの時代に牢《ろう》につながれ、毎日一本ずつ歯を抜かれるという拷問《ごうもん》を受けた人だった。

父君のお墓は、バラトン湖畔の丘にあった。私は、ブダペストから車で二時間のバラトン湖に向かった。烈《はげ》しい雨がやむのを待って、私はイシュトヴァーンと一緒に父君のお墓に行った。すると、彼は雨雲の光った夕暮の空を指差し、「いまの雨は、もうじきブダペストを濡《ぬ》らすよ」と言った。

墓地の近くにあるイシュトヴァーンのお兄さんの家に帰ると、親戚の人々が無言でテレビに見入っている。ポーランドを経てブダペスト入りしたブッシュ大統領の歓迎式典が生中継されているのだった。確かに、ブダペストは雨だった。歓迎式典に集まった人々は、みな傘をさしている。だが、ブッシュは、側近が差し出す傘を拒否し、雨に濡れたまま、ハンガリーの要人の歓迎挨拶《あいさつ》が終わるのを待っていた。ブッシュが挨拶をする番になった。彼は前もって用意していた原稿を背広の内ポケットから出すと、それを破り捨てるというパフォーマンスを見せ、みんな雨に濡れたであろうから、私の挨拶は短くすると述べた。セルダヘーイ家の居間の、テレビの前で釘《くぎ》づけになっている人々は、ブッシュのパフォーマンスに、小さく微笑《ほほえ》んだだけだった。私は、ハンガリーの人々が、突然やって来た、夢にまで見た変革に対して、いかに冷静であろうとしているかを知った気がした。

——変革は、ポーランドやハンガリーにだけ訪れたのではない。ヨーロッパは、ECの統合という大変革を三年後に控えている。ときあたかも、中国で天安門事件が起こった。ソ連では、少数民族の独立デモや炭鉱者のストライキが長期化し、バルト三国でも騒乱の兆《きざ》しがある。そんな世界の動きの中で、ハンガリーは、オーストリアとの国境に設けてあった鉄条網を取り払い、改革の急進派が政権の座に坐《すわ》ったのだ。私は、〈権力〉を決して甘く見てはいない。権力の悪あがきがいったい何をしでかすか、よく知っているつもりなのだ——。

セルダヘーイ家の人々に、私はそのようなことを言ったあと、「大丈夫か？　俺は、なんだか怖いよ」と誰にともなくつぶやいてしまった。すると、野党のひとつである〈民主フォーラム〉から総選挙に立候補する予定だというイシュトヴァーンの叔父さんが、「私はいまからブダペストへ行き、大事な会議に出席する。その会議は、〈いかにして揺り戻しを防ぐか〉を話しあうためのものだ。私たちは、すでに一九五六年に、〈揺り戻し〉を体験してるんです」と、濃い頬髭《ほおひげ》をしきりに手でこすりながら言った。

ブッシュがハンガリーから去った翌々日、ブダペストではカーダール前書記長の国葬が行なわれた。数十年来の猛暑で、木陰でも三十八度という日がつづき、『ドナウの旅人』の撮影隊は疲労困憊《こんぱい》のまま、次の撮影場所であるブルガリアのソフィアに移動した。私は、ブダペスト空港で撮影隊と別れ、フランクフルト行きの飛行機に乗った。イシュトヴァーンは、税関のところで、こう言った。

「ハンガリーがこんなに忙しかったのは、一九五六年の動乱以来だよ。慣れてないことをしたから、アメリカの国旗と国葬用の半旗が、同じところに掛かってる。改革反対の役人が、わざとそうしてるのかな」

1989.9

ハンガリー紀行

収穫の前

オーストリアとハンガリーの国境に張りめぐらされていた鉄条網が取り払われ、東ドイツの人々がハンガリーを経由して、西ドイツへと流入し、ソヴィエトは解体し、ベルリンの壁がこわされ、思いもかけなかった改革の波が東ヨーロッパ全土を覆《おお》っていたとき、私はイタリアからハンガリーへ行き、そこで、あるテレビの生中継を見た。

アメリカの現職の大統領として、戦後初めてハンガリーを訪問したブッシュ前大統領が、ブダペストの国会議事堂前の広場で演説をする場面であった。

おりから、雨が降っていて、議事堂前の広場に集まった人々の群れは、そっくりそのまま、色とりどりの数千もの傘の群れでもあった。

ブッシュ大統領は、自分の演説の番がくると、背広の内ポケットから演説のための原稿を出し、それをまったく読まないまま、人々の前で破り捨てるというパフォーマンスをやってみせた。

私は、生中継のその瞬間を、バラトン湖畔にあるセルダヘーイ・ボラージュの家で見ていた。ボラージュは、私の家で三年間生活したセルダヘーイ・イシュトヴァーンの兄で、バラトン湖畔には、セルダヘーイ家の墓があり、私は、ハンガリーから共産主義がついえさるのをついに目にすることなく逝《い》ったイシュトヴァーンの父君の墓参のために、ハンガリーへ行ったのだった。

誰も想像もしなかった事態が、いまたしかに猛烈な勢いで進行している……。それなのに、ハンガリーは雨で、人々の大半は、どこか淡々とした視線で、演説しているブッシュ大統領を見ている……。みんな浮きたっているはずなのに、冷めている……。私は、テレビを観《み》ながら、そんな感想を抱いたのだった。

父君の墓参を終えて、セルダヘーイ家の人たちと食事をしていた際、ほんの冗談で、

「日本には地上げ屋というのがいるが、ハンガリーに土地を買うなら、いまだろうな」

と私は言った。すると、弁護士であるボラージュは、この近くの一等地が売りに出ていて、売り主は土地の売買を自分に委託しているのだと言った。

バラトン湖畔は、ハンガリー屈指の保養地で、夏になると、ドイツやオーストリア

から避暑客が押し寄せる。

「地上げ屋でなくても買うね。買うなら、いましかない。土地は何坪あるの?」

日本式に計算すると、ちょうど千坪で、価格は約二百万円だった。もともと、そこには石造りの家が建っていて、地下にはワインセラーもある。けれども、家は古すぎるから、新しく建て替えなければならない。

「伝統的なマジャール式のデザインの家を建てるのに、あと二百万円かな」

とボラージュは言った。

セルダヘーイ家で土地を買い、そこに、みんなが使える家を建てようと、話はまとまり、私も、家の新築代金のほんの一部を出すことに決まった。

そして、一九九二年の九月半ば、私は、もうほとんど完成間近の家を見るために、ハンガリーへ行ったのである。

私は、ミラノからブダペストへ入ったのだが、空港の税関は、笑顔で、

「コンニチハ。カンコーデスカ?」

と日本語で話しかけ、愛想よくパスポートに入国のスタンプを捺《お》した。

「十年前は、無表情な兵隊が自動小銃を突きつけてましたよ」

私は、同行してくれた小学館の加納寿美子さんに言った。加納さんも、編集者にな

ったころに観光でハンガリーに来たことがあるが、暗くて、寂しくて、あまりいい思い出はないとのことだった。

空港には、ボラージュと通訳のヤノーさん、そして今回の旅行の撮影をしてくださる写真家の熊瀬川紀さんが迎えに来てくれていた。

ちなみに、私の家で寝食をともにし、神戸大学の大学院を卒業してハンガリーへ帰ったセルダヘーイ・イシュトヴァーンは、東欧の改革のあと、ハンガリーの外務省に請《こ》われて、文化担当の二等書記官となり、東京のハンガリー大使館に外交官として赴任し、二年前、日本人女性と結婚した。ただ「人生は不思議だ」としか言いようがない。

ブダペストは活気に満ちていた。たった一、二年のあいだに、メルセデス・ベンツやBMWやアウディや日本車が走るようになった。香港《ホンコン》の華僑《かきょう》と合意して、数年後にはブダペストのどこかに巨大なチャイナタウンが作られるという噂《うわさ》も耳にした。中国への返還を目前にして、香港の華僑たちは、ハンガリーをマーケットとして選んだという説もある。

たしかに、ハンガリーは、夢にまで見た自由と自由経済市場を得たのである。しかし、そこには、当然のこととして、新しい時代への生みの苦しみも、いかんともしがたく、あちこちに発生してきた。

簡単に言えば、社会体制は変わったのに、人々の考え方もやり方も、それに適応できない。共産主義の時代には通用していた「私には口はひとつしかなく、腕は二本しかない」という屁理屈《へりくつ》は、身に沁《し》み込んだ習性のように捨てられない。

新しい時代に迅速に適応する目端のきく人たちは、あっというまにのしあがっていき、大金をつかみベンツやアウディを乗り廻して、さらなる飛躍へと進もうとするが、時代の流れに乗りそこねた不器用な人たちは、旧体制のころよりも生きにくくなり、「やっぱり、共産主義のほうがよかった」と叫び始めている。

そして、目端のきく野心家たちも、いざとなると、「私には口はひとつしかなく、腕は二本しかない」のである。

これはなにもハンガリーだけにかぎらない。旧西ドイツに流入した夥《おびただ》しい数の旧東ドイツ人たちも、どんなに自由を愛しながらも、子供のときから否応《いやおう》なく与えられてきた共産主義思想による教育や価値観からは自由になれない。ハードは変わったが、ソフトは変わっていないということになるのである。

うかれて、いっぱしの事業家になったつもりで、ほんの数年前には触れることもできなかった高級外車に乗っているのに、自分のミステークに対しては〈共産主義者〉で、非はいつも自分にはないとひらきなおる。

たとえば、私たちは、あるハンガリー人とブダペストで夕食の約束をした。レストランも時間も、すべてその若い新進気鋭の事業家が指定した。

そのレストランは、ペストの街の、かつては共産党が使っていた十八世紀に建てられた建物を改造したもので、いまハンガリーで最も人気のある店だとのことだった。かつてのハンガリーにはなかった趣向が凝らされ、装飾も食器も洗練され、オードブルも豊富で、ソムリエもいて、ジプシーの楽団が常に演奏している。つまり、その店で食事をすることが、いまのハンガリーでは、そのままステータスになるらしい。

私たちは、約束の時間に、そのレストランに行き、予約してあった席についた。けれども、約束の時間を随分過ぎても、彼はやってこなかった。

私たちは、ついに待ちくたびれて、先に食事を始めることにした。すると、彼は、やって来て、食事を始めた私たちに少し不満そうな表情を向けた。

「あなたがあまりにも遅いので、先に食事を始めました」

と私はあやまった。彼は、堂々とこう言い返したのである。

「たった三十分遅れただけだ」

私たちは食事を終えて、ドナウ河に沿ったホテルまでの夜道を歩いて帰った。ブダの王宮も、漁夫の砦《とりで》も、ゲレルトの丘も、見惚《みと》れるほどに静かな美しい光のなかにあった。

写真家の熊瀬川さんが、ぽつんと言った。

「約束の時間に五分遅れただけで、仕事を他の者に奪われる。いつか、彼もそんなめに遭うでしょうね」

葡萄《ぶどう》の丘とひまわり畑

九月の半ば、秋の朝日のなか、私たちは車でペストの街からドナウ河に架かっているマルギッテ橋を渡り、いったんブダの街に入って、M7と表示された国道を南西に向かった。M7とは、たぶん国道七号線、もしくは高速七号線といった意味なのであろう。

ブダから高速道路に入るとき、M1と表示された別の道があるが、それはウィーンへとつながっている。

広い二車線の高速道路は、車が少なくて、十五分も走ると、ハンガリーの肥沃《ひよく》な平原が大きくひろがり始める。地平線から地平線まで、すべて、麦畑やひまわり畑や、トマトやキャベツなどの畑ばかりである。

私がめざすバラトンフレドの街まで約百三十キロ。バラトン湖の北側の丘に、セルダヘーイ・ボラージュの家があり、彼の家から三キロほど離れたところに、みんなでお金を出しあって建築中の別荘があるのだった。私は、ほんの少しお金を出したのだが、湖に面した二階の部屋を使えることになっている。

しかし、よく考えてみれば、その二階の部屋で何日かすごすために、私は、私が出したお金よりも多い飛行機代を払って、日本からハンガリーへやってこなければならない。

「まっ、いいか。ハンガリーに、いつでも自由に使える部屋があるという気分は、なかなか贅沢《ぜいたく》ですからね。いつか、あの部屋で、一ヵ月くらいこもって、書きおろしの小説でも書きたいな」

それにしても、私はなぜハンガリーに魅《ひ》かれるのであろう。もっと住みやすく、もっと美しい場所は、ヨーロッパのあちこちにあるだろうが、私はなぜかハンガリーの農村が好きなのだ。

それは、おそらく、十年前、ドイツのレーゲンスブルクから、ルーマニアの黒海まで、ドナウ河に沿って旅をしたときの印象が、強く刻み込まれているからに違いない。何が、どのように刻み込まれているのかを書いていたら、それだけで紙数が尽きてしまうので、いまはとりあえず、バラトンフレドの街へいそごう。

こんどの旅は、ボラージュたちが建築中の別荘を見ることもあるが、ハンガリー屈指の保養地でもあり、ワインの産地でもあるバラトン湖周辺の小さな村々をめぐろうということになっていた。

「ヘレンド村に行って、磁器を買おうか」

と私が言うと、

「私はコーヒーカップを買っちゃう」

と加納寿美子さんが言った。昨夜は遅くまで起きていたし今朝も早かったので、加納さんは、後部座席でうつらうつらしている。夜遅くまで飲んでいる酔っぱらいの私や熊瀬川さんにつき合って、ウィスキーの水割りなんかを作りながら、加納さんはいつのまにか椅子《いす》に腰かけたまま眠ってしまう。そのたびに私も熊瀬川さんも、

「大丈夫？　もうぼくたちに気をつかわないで、部屋に帰って寝てください」

と何度言っても、加納さんは、

「大丈夫よ」

とおっとりと、決して大丈夫ではなさそうな顔でお答えになる。旅のあいだ、私たちは、何度、器用にグラスを持ったまま眠っている加納さんの「私は大丈夫よ」という お言葉を聞いたことであろう。

「いけねェ。スピード違反のカメラに写されちゃった」

バラトンフレドに近づいたころ、車を運転していた熊瀬川さんが言った。

「ここは制限時速八十キロだから、六十キロオーバーだな。でも、捕まえに来たころには、ぼくはハンガリーからパリへ帰ってるから、捕まえようがないってわけだね」

熊瀬川さんが笑いながら言うと、

「大丈夫よ」

と加納さんは言った。

高速道路から外れ、湖畔のいなか道に入ると、ブダペストの街では見られない古いマジャール様式の家々が、ベランダや窓のところに無数の花を咲かせて並び始める。バラトン湖には、たくさんのヨットが浮かんでいる。キャンプ場や貸し別荘の看板が、いなか道に出ていて、ドイツやオーストリアのマークをつけたキャンピングカーの近くで、保養客が昼食の用意をしている。ドイツやオーストリアと比べると、まだまだ驚くほど物価が安いので、夏には、ドイツ人とオーストリア人だらけになるという。

ボラージュの案内で、私たちは、まず、建築中の家を見に行った。予想に反して、完成には、ほどとおい状態で、ここにも、共産主義の名残りが象徴的に示されていた。職人さんたちの仕事は遅く、建築資材の搬入も、納期を大幅に過ぎるからである。

けれども、立地条件は、これ以上のところはあるまいと思えるくらい素晴らしく、葡萄畑や、森の向こうの眼下に、バラトン湖の白い湖面が大きく揺れている。バラトン湖の底は、細かな白い砂なので、湖は白く見えるのである。

「いつになったら完成するの？」

私が訊《き》くと、ボラージュは、

「あと一年くらい」

と答えた。去年の秋に、電話で訊いたときも、ボラージュは、「あと一年くらい」と答えたのだった。

私たちはとりあえず、ホテルにチェック・インすることにした。ホテルは、湖の北側から半島のように突き出したティハニーというところにあった。半島全体が、施設の整ったリゾート地で、サイクリングコースやテニスコートやヨットハーバーなどがあり、湖畔のあちこちで、釣り人が糸を垂れている。

私たちは、ホテル・ティハニークラブにチェック・インしてから、レストランで食事をした。

「きのうもおとといも、グーラシュ。でもグーラシュが一番無難だよ」

私は、きのうは、七面鳥のグリルにオレンジソースをかけたのを食べたのだが、ソースが甘すぎ、肉がパサパサで、食えたものではなかった。それで、ハンガリーの代表的家庭料理であるグーラシュを頼んだ。グーラシュは、つまるところビーフ・シチューなのだが、セロリやニンジンやキャベツと肉に、パプリカをぶっこんで煮ただけのシチューである。

ところが、店によっては、大量のラードを使ったり、ひまわりの油を使ったりして、とにかく油っこい。ひまわりの油のほうが、まだましなのだが、やはりラードを使うのが本格的らしい。

「この国の食い物だけは、ぼくには駄目だなァ」

私は、スプーンで、グーラシュの上に浮かんでいるラードをすくい取りながら言った。加納さんも、グーラシュを注文したが、三分の一も食べないまま、あとはパンを

かじり、

「私は大丈夫よ」

と言っている。

「でも、バラトン産のこの白ワインはうまい」

熊瀬川さんが言った。

「しかし、どうして、白ワインを冷やさないのかな。冷やしたら、もっとうまいと思うんだけど」

「それがこの国の白ワインの飲み方。冷やして飲むのは内政干渉である」

私はあきらめて、おっとりとそう言うしかない。


食事のあと、私たちは、どの村々をめぐるかの相談をした。ボラージュが、お勧めコースを用意していて、地図に印をしてくれた。まず、ベスプレムという町へ行き、そこからヘレンド村へ向かう。たしか、ヘレンド村から三つか四つ離れた村に、古城がある。そこは、なかなかいいところだ。ワインセラーのある村は、バダスコニーなんとかという村だが、逆の方向へ行くと、ぜひ皆さんにお勧めしたいレストランがある。自分は、あす、ブダペストに戻らなければならないので、現地のガイドを頼んでおいた。あす、ベスプレムで、そのガイドと逢《あ》ってくれ。当然、日本語は駄目だが、英語が喋《しゃべ》れる……。

「ということは、きょうは、フリータイムですな」

ワインがまわってきて、すべてはあしたからということにしたら、ボラージュは私にテニスの試合を申し込んだ。

テニスウエアもラケットも持って来ていないが、この俺さまがこんなへ、、、たっぴ、、いに負けると思っているのか。

私は、ホテルのテニスコートで挑戦に応じたが、私が下手になったのか、ボラージュがうまくなったのか、はたまた、ワインの酔いのせいか、屈辱的な敗北を喫してラケットを放りなげた。悔しがっている私を見て、加納さんが言った。

「大丈夫よ。あしたはヘレンド村へ行きましょうね」

ヘレンド村とワインセラー

私たちがめぐる村々や葡萄畑やヘレンドの工房は、すべて北バコニ丘陵の南側に位置している。

丘陵といっても、すべてなだらかな平地と変わりはなく、丘の斜面は、ほとんどが白葡萄の畑である。品種によっては、すでに摘み取られた葡萄もあるが、多くはまだ収穫の前で、それらは太陽を浴びて、ある品種は薄緑色に、別の品種は淡い琥珀色《こはくいろ》に光っている。

そうした葡萄畑の丘の麓《ふもと》には、すでに刈り取られたひまわり畑が茎だけ残されてひろがっている。夏のひまわりの花の盛りには、目に痛いくらいの黄色が延々とつづく。

私たちは、朝の十時にティハニーを出発し、とりあえずベスプレムの町へと向かったが、そこへ至るいなか道は、ポプラやプラタナスの並木がつづき、マジャール様式の農家や、ほんの二十戸ほどしかない村々があった。

平原に、羊が放され、二、三匹の犬と羊飼いが点のようになって移動している。とにかく、いい天気で、車の中は窓をあけていても暑いほどなのだ。

ベスプレムの町へ向かう途中まで、ボラージュは自分の車で先導してくれて、友だちの一家が営んでいる古いレストランにつれて行ってくれた。日本のそれとまったく同じ形の藁《わら》ぶき屋根の建物のなかに、そのレストランはあったが、きのう閉めてしまったばかりで、私たちはそこでハンガリーのいなか料理を食べることはできなかった。

店は、来年の春まで閉めてしまうという。閉めているあいだ、葡萄を摘み終えて、それを樽《たる》におさめたら、夫婦はブダペストへ働きに行くのである。ボラージュとは、そこで別れ、私たちは約束の時間にまにあうように、ベスプレムの町へいそいだ。英語のできる通訳と、町のホテルで待ち合わせをしていた。ホテルにやって来た通訳は、六十歳くらいの婦人で、おそろしくブロークンな英語を喋った。独力で英語を学び、ガイドと通訳の資格を取ったのだと言った。ボラージュの母親もそうなのだが、第二次大戦後、スターリニズムの嵐《あらし》が東ヨーロッパに及んだとき、英語を学ぶことを禁じられた長い期間がハンガリーにもあり、五十代以上の人々の多くは、英語がまったく解せない。その通訳が、得意気に、独力で学んだと強調するのは、そのような政治背景があるからだった。

昼食を済ませると、私たちは世界的に有名な磁器であるヘレンドを造る、ヘレンド村へ行った。観光シーズンは過ぎていたが、わざわざヘレンドの磁器を買うために、外国人観光客がバスをつらねて、ブダペストからやって来る。

私たちが着いたとき、ヘレンドの工房の近くの磁器ショップは、日本人たちで超満員で、私たちは店内に足を踏み入れることもできないありさまだった。

私たちは工房の横にある展示室に行き、初期のころからのヘレンドを見せてもらった。いまもエリザベス女王が愛用しているのと同じディナーセットが、テーブルに並べられているし、日本の伊万里《いまり》や有田に似た絵柄の壺《つぼ》や皿も展示されている。まったく東洋的なものもあれば、ヘレンド特有の、極彩色を使ったものもある。しかし、いずれにしても、磁器は、シルクロードを経て、もしくは中央アジアやロシアからカルパチア山脈を経て、あるいはスラブ地方の国々を経て、ヨーロッパ全土に伝わり、それぞれの国の独自性のなかに根づいたのであろう。

女性の熟練した職人たちが、青灰色の土を巧みにへらや手で小さなバラにしたり、長細い土を巻きつけたり絡《から》ませたりして、スープ皿の蓋《ふた》に装飾をほどこすのを見てから、こんどは、男の職人が、鳥の形の置き物に、細い筆で微細な絵を描きつけているのを見せてもらった。

そのあと、再び私たちは磁器ショップへ行ったが、日本人たちが去ったあとには、こんどはアメリカ人たちが店内に満ちていた。

「これは、ハンガリーにとったら、大きな外貨稼ぎだな」

と私は思わずつぶやいた。値段も高くて、おそらく、一般のハンガリー人には手が出ない代物《しろもの》であろう。

私は、アメリカ人の団体客が去るまで待って、コーヒーカップと皿を二つずつ買った。白地に薄い草色で鳥の絵が描かれた、ヘレンドらしくない淡彩なものをあえて選んでみたのだった。熊瀬川さんも加納さんも、コーヒーカップのセットを買い、私たちはヘレンド村から、またいなか道を、古城めざして車を走らせた。

道のところどころに、栗《くり》の木があり、青いいがを無数につけている。車を停めて、棒でいがを叩《たた》き落とし、中身を出したが、まだ小さくて、食べられる状態ではない。野生のクルミの木も実をつけているのだが、殻を割ってみると、クルミの実は、ただ渋いだけで、腐ったコルクのように、ぼろぼろに崩れている。

そんなことをしながら、幾つかの村を抜け、ひまわり畑に沿って走るうちに、ひときわ美しい村に入った。手入れの行き届いた庭には、秋の花々が咲いている。老人が幼い孫を遊ばせている。私たちがカメラを向けると、恥ずかしそうにしながらも、笑って手を振った。私は、車から降り、その村のなかの道を歩いた。改革前も、このような村は、イデオロギーとは無関係に、平和な、のどかな営みをつづけていたかと思えるほどだが、ボラージュによると、土地の国有制度は、小さな村に、逆に共産主義の弊害を多くもたらし、村人の表情は暗かったと、あとになって教えられた。

私たちが古城に着いたのは、三時を過ぎたころだった。マジャール王朝時代の、小さな城と要塞《ようさい》の一部が残っていたが、おおかたは崩れてしまっている。その古城のところにも、クルミの木があって、同じように崩れた実しかつけていなかった。

いっそ、バラトン湖畔に戻って、ワインセラーでワインを飲もうということになり、バダスコニー村へと急いだ。ところが、ガイド役の初老の婦人は、ワインセラーがどこにあるのかを知らなかった。

道を間違えて、ティハニーのあたりで逆戻りし、バダスコニー村に入ったのは、もう六時ごろで、ほとんどのワインセラーは、店を閉めていた。

しかし、一軒だけ、営業しているワインセラーが丘の上にありそうだった。〈ワインセラー〉と英語で書かれた木の看板が、葡萄《ぶどう》畑に挟まれた土の道にあって、矢印が示してある。

だが、どこまで丘をのぼっても、ワインセラーらしき建物はない。

日は傾き、気温は急に下がってきて、セーター一枚では寒いくらいだったし、ガイドの婦人は、もうワインセラーは閉店だと言う。彼女は、バラトン湖畔のどこかのバス停で、夫と待ち合わせをしているのだった。退役軍人で、いまは年金生活をしている夫が、車で迎えに来てくれるてはずになっているらしい。

けれども、私たちは、とにかく行ってみようと決めて、車が一台、やっと通れるような道を、右に曲がったり左に曲がったりして進んだ。

「ワインセラーが閉まっているのは、まだワインのシーズンではないからです」

と自信たっぷりにガイドの婦人は言ったくせに、やっとワインセラーに辿《たど》り着き、そこが店をあけているのを確かめると、さも自分がそれを知っていたかのように、

「ここです。ここがワインセラーです」

と自慢気に言った。その言い方に、いやみはなくて、私たちは笑った。

バラトン湖を一望できるベランダに、木のテーブルと椅子《いす》が並んでいて、私たちは、そこでサラミソーセージを食べながら、白ワインを飲んだ。いかにも地酒といった素朴な口当たりのワインである。

酔った目で丘の上からバラトン湖を眺めると、太陽は、湖の西にほとんど落ちかかっていた。

冷たい風は強く吹き、収穫前の葡萄が、夕日を透かせて、少し赤味を帯びている。

「あしたは、一日おやすみにして、テニスでもしましょうか」

と言いながら、熊瀬川さんは、しきりに、沈んでいく太陽にカメラを向けた。

幻想の野とドナウの薔薇《ばら》

翌日、私たちは、ホテル・ティハニークラブの敷地内を散策したり、バラトン湖畔を歩いたりして、のんびりした一日をすごした。

ホテルで朝食をとったが、随分、食べる物が豊かだなと思った。果物も食べ放題、ハムもソーセージも、ボイルド・エッグも、好きなだけ食べてくれといったふうに、食堂の中央に贅沢《ぜいたく》に置いてある。

私は二年前も、このホテルに一泊したが、朝食は、これほど豊かではなかったし、宿泊客のなかに、ハンガリー人はいなかった。

けれども、いまは、ホテルに泊まって休暇を楽しんでいる人たちのなかに、ハンガリー人のカップルや家族づれがたくさん見うけられる。

バラトン湖で釣りをしている人々の多くは、ハンガリー人で、そのことが、私には一瞬、奇異に感じられるほどである。

東欧の改革が、驚くほどの速さで進行したとき、当時は、日本留学を終え、母校のブダペスト大学で教鞭《きょうべん》をとっていたセルダヘーイ・イシュトヴァーンから、突然、国際電話がかかってきた。

彼は、弾むような声で、

「パパ、共産主義は終わっちゃった」

と言ったのである。日本に国際電話をかけたら、どんなに短く話しても、四千フォリントかかる。それは、ハンガリーの人々にとったら、とんでもない出費なのだ。

にもかかわらず、彼は、さらにこうつづけた。

「ぼくは、パパとの賭《か》けに、また負けたね。パパと賭けをしたら必ず負ける。パパは、ぼくに、ハンガリーが共産主義を投げ捨てて、自由な国になるのは、そんなに遠いことではないって言った。ぼくは、そんなことは有り得ない、パパは他人の国のことだと思って、楽天的に考えてるって言い返した。そしたら、パパは、じゃあ、千円賭けようと言った。おぼえていますか？」

私は、そんな賭けをしたことを忘れていた。ただ、世界の動きを見ていると、民衆をこれほどまでに貧しくさせ、不幸にさせている思想がいつまでも生きつづけるはずはないし、多くの革命が、ゆっくりと進行したためしもないと考えただけにすぎなかった。

――革命は些細《ささい》な事ではない。だが、革命は些細な事から始まる。――

誰の言葉だったのかは忘れたが、私は、その言葉を、日本留学中のイシュトヴァーンに、何度も言ったものであった。

「でも、こんなに早く、突然に起こるとは思ってなかったなァ。俺は、二十一世紀の初めごろになるかなァって思ってたよ」

私が言うと、イシュトヴァーンは、はしゃいだように、

「突然は、必然だ。これも、パパが言った言葉です」

そう言って電話を切ったのだった。そのときのイシュトヴァーンの声が、バラトン湖畔を歩いたり、熊瀬川さんや加納寿美子さんとテニスをしているとき、私の耳に、しきりに甦《よみがえ》ってきた。

その翌日、私たちは、ボラージュが勧めてくれたレストランを捜して、再び北バコニ丘陵の南側の、小さな村々が点在する肥沃《ひよく》な大地を、レンタカーであっちに曲がり、こっちに曲がりしながら、捜した。

そうしているうちに、広大な、けれども、どこか殺伐とした、雑草の生い茂る平地のなかに入った。

どう見ても、そこは畑でもなければ、ただの平地でもない。何かの名残りなのだが、それにしても広すぎる。ところどころに、〈立ち入り禁止〉の立て札が落ちていたり、建物の土台だけがあったりする。

そこは、ほんの一年ほど前まで、ソ連軍の基地だったのである。ソ連軍が撤退し、あらゆる施設は壊され、きれいさっぱり排除されて、途轍《とてつ》もない平地だけになったのだった。

ほんの少し形を残すコンクリートの柱には、銃弾の跡があり、近在の人に言わせると、まだ取り残した地雷があるかもしれないので、あまり奥を歩いてはいけないらしい。

その見事な取り壊し方には、ハンガリー人の思いが強く滲《にじ》み出ているような気がして、私は、地雷に注意しながら、広大な基地跡を少し歩いてみた。

いったい、共産主義は何を生み、何を残したのであろう。もしかしたら、マルクスやレーニンが理想とした共産主義は、日本という国において達成されたのではないのか。

私には、そんな気がしてならなかった。教育の無個性化、官僚と役人の跳梁《ちようりよう》、大衆の中流意識、行政の管理化、国民の知的・経済的平均化、税制……。それらは、まさに〈理想共産主義〉がめざした形ではなかったのか。

私は、広大な不毛の幻想の野に立ちながら、日本という国は、戦後、いったい何者が作りあげたのだろうという、一種、腹立たしい、そのくせ、どこか恐怖をともなった思いにひたった。

ボラージュの勧めるレストランをやっとみつけたのは、夜の八時前である。建物はまだ新しく、修道院の礼拝室みたいな内部に、木の長いテーブルと椅子が並び、現代風にアレンジされた民族衣装を着て、数人の楽士たちが民族音楽を奏《かな》でている。スープの皿も、料理用の皿も、スプーンもフォークも、すべて木で作ってあり、一品料理は注文できない。その日のコースは、牛肉か豚肉かを選択するだけで、つまり定食形式なのだが、私たちが席に着くと同時に、若い美しい娘が、膝《ひざ》まである大きなナプキンを首に巻いてくれた。巻いたあと、ナプキンの端と端を、あまりきつくない程度に結んでくれる。

「なんだか、床屋さんに来たみたい」

熊瀬川さんはそう言ってから、

「でも、いまの娘、なかなか、美人だなァ。歳《とし》は幾つくらいかねェ」

なんて、まんざらでもなさそうである。しかし、出て来た料理を見た途端、その量のすごさに食欲も失《う》せた。

「これは、小錦《こにしき》でも食い切れませんぜ」

私はそう言って、グーラシユをすすり、パプリカのぶつ切りを口に運んだ。

「すごいなァ。あっというまに、ハンガリーのこんないなかに、観光客用のとんでもないレストランができるんだなァ。マジャール民族は、やっぱり、したたかでっせ」

私は、牛肉のグリルを三分の一も食べられず、フォークとナイフを置くと、溜息《ためいき》混じりに言い、残ったパンのひときれを誰が食べるか、ジャンケンで決めようと提案した。

私たちがジャンケンをしていると、近くの席にいたドイツ人たちが、珍しそうに見ている。ドイツには、ジャンケンはないのかなと思いながら、私は彼らに日本のジャンケンのやり方を教えた。

「はい、ご一緒に。ジャンケン・ポン！」

いくら教えても、彼らは「ジャンケン・ポン！」を正確に発音できない。グーやチョキを出す手も、もどかしい。

「発音の悪いやつらや。グーとチョキぐらい、覚えられへんのかいな」

私たちはそう言って、レストランを出て、ホテルに戻り、持って来たウィスキーで、バラトン湖最後の夜に乾杯したのである。

その翌日、私たちはブダペストに戻った。冬は、夕方の五時に、鎖橋の灯がともるのだが、いまの時期は七時である。

七時になるのを待って、私たちは鎖橋に近いドナウ河の畔《ほとり》にたたずんだ。ブダペストには、幾つかの形容句があるが、その代表的なものは〈ドナウの真珠〉と〈ドナウの薔薇〉である。

ブダペストの夜を目にすれば、〈ドナウの真珠〉という意味が誰にでもわかる。けれども〈ドナウの薔薇〉については、何日かをブダペストですごさねば理解できないであろう。

そこには、ただ単に、美しいという意味だけを含んでいるのではなく、かつてのマジャール王朝が伝える気配を象徴しているように思う。

その、中央アジアを源流とするマジャール民族の独自性と気配は、四十年間に及ぶイデオロギーが、はたして幻想であったのかどうかという議論を遠くに追いやって、それぞれの人々に、それぞれの郷愁を放ちつづけている。だからこそ、ブダペストの美しさの独自性は、これまでも、これからも〈ドナウの薔薇〉でありつづけるのかもしれない。

1993.7–10

Ⅲ　言葉を刻む人々

井上靖氏を偲《しの》ぶ

ついに書かれなかった小説

「波」の新年号の対談で、私が井上靖氏とお逢《あ》いしたのは平成二年十二月三日である。その対談には、べつだんテーマといったものはなかった。そのときの会話の流れで、四十歳という年齢のひらきのある作家同士のあいだに、何等かのキャッチボールがおこなわれ、そこに、思いもかけないものが生まれればいい……。おそらく、私と井上氏との対談という企画にたずさわった編集者には、肩肘《かたひじ》の張らない気楽なこころづもりがあったと思う。そして、井上氏の御自宅でおこなわれた対談は、実際、そのような流れのなかで進行した。

けれども、私にとっては、井上氏との対談は、決して〈肩肘の張らない気楽〉なものではなかった。

私は、中学生のころから、いったいどれほどの数の、井上靖氏の作品を読んできたことだろう。『あすなろ物語』、『闘牛』、『比良のシャクナゲ』、『漆胡樽《しつこそん》』、『通夜《つや》の客』、『しろばんば』、『射程』……。そのすべてを列記するだけで、紙数が尽きてしまう。

つまり、私にとって井上靖という作家は、歳《とし》のひらきのある大先輩の作家と形容するにはあまりにも特別な存在であった。なぜ特別な存在であったのかは、ここでは触れることができない。そのことは、二、三度、別のところで書いてきたし、原稿用紙数枚で書いてしまうことなどできないほどの、私にとっては重い内容を含むものだからである。

それはともあれ、十二月三日における井上靖氏は、決して良い体調ではなかった。あの広い応接間には、井上氏が風邪をひかないようにという配慮で加湿器が置かれ、そこからは規則正しく蒸気が噴き出ていた。

「風邪をひいたら一巻の終わりですから」

と言って井上氏は微笑し、日露戦争の話から始まって、〈天命〉についてのみずからの考えを、滔滔《とうとう》と、理路整然と語りつづけ、私はただそれに聞き入るだけのありさまであった。

話に聞き惚《ほ》れているだけでは対談にならないので、私も何かボールを投げ返そうとするのだが、井上氏から投げ込まれてくるボールのスピードや球質は、私の予想よりもはるかに威力があり、若造の私は茫然《ぼうぜん》とうろたえるばかりだった。

私が、やっと対談の相手として、まともにボールを投げ返す機会を得たのは、井上氏の新聞記者時代のことに話題が転じたときである。

私は、一読者として、本当に、井上氏の新聞記者時代の、とりわけ敗戦間際《まぎわ》から敗戦直後における、じつにさまざまな出来事が通り過ぎていった時間を、独立した小説として読みたかったし、井上氏自身も、そのことはしょっちゅう口にされていた。

当時のことは、べつだん意識していたわけではないが、克明にメモとか日記をつけている。それを使わなければならない……。井上氏は、そんな言い方をして、「いずれ、終戦前後のことは書こうと思っています」と、静かな闘志をただよわせて微笑《ほほえ》まれた。

その闘志は、作家が、大切にあたためてきたものをいよいよ作品化しようとして腰をあげる際の、一見、何事もないかのような平静さの奥に、遠くへ旅立つ人特有の覚悟を隠してめらっと燃えていた。

すくなくとも、私には、井上氏の目の底で、確かに何かがめらっと燃えたと思った。だから、私は、いつの日か、必ず、敗戦前後の記者時代に材を取った新作を読めると信じて疑わなかった。

けれども、井上氏と対談した約二ヵ月後に、私は氏の訃報《ふほう》に接した。

八十三歳という御高齢でもあり、数年前には食道ガンの摘出手術をされていたので、突然の死は、一瞬の驚きを私に与えはしたが、即座に、天寿をまっとうされたという思いのほうが深くなった。そうしているうちに、ついに書かれなかったあの小説を、私はなんとしても読みたかったという悔しさが次第につのってきた。やがて、天寿もへったくれもあるものか、天はなぜ井上さんに、あの小説を書かせなかったのかと、ぶつけようのない怒りを抱いて、仕事場の隅で、長いこと、私はじっとしていた。

1991.4

その偉大な質と量

井上靖氏が亡《な》くなられて、まだ三日しかたっていないのに、私の心には、なんだか途轍《とてつ》もなく豊饒《ほうじょう》な物の入っている大きな器が、私たちの前から消えてしまったという茫然とした喪失感が、烈《はげ》しい勢いで押し寄せてきている。

私は、井上氏の『あすなろ物語』を中学生のときに読んで、小説とはなんとすばらしいものかを知り、それ以来、文学少年となって、多くの文学作品を読みふけるようになった。私が少年のときに井上氏の作品に接していなかったならば、私は作家になっていなかったと思う。

私は、井上氏が、『本覚坊遺文』の第一回目を「群像」に発表された三日後に、初めて京都でお逢いした。そのときの、自分の緊張していた心を、私は忘れることができない。

「きのうの昼からずっと飲みつづけていて、二日酔いになる暇がありません」

と井上氏は私に微笑みながら仰《お》っ言《しゃ》り、ブランデーのお湯割りを、ぐいぐいと飲みつづけていらっしゃった。その飲み方は、まさに「ぐいぐい」という表現しかないものであった。

別れぎわ、井上氏は、

「これで一生涯のお友だちになりましたね」

と私に言って下さったが、私は緊張しつづけていて、ただ「ありがとうございます」と答え返すのが精一杯であった。

「量のない質というものを信じない」と、誰かが私に言ったことがある。私は、井上氏の四十年に及ぶ作家としてのお仕事を考えるとき、その量においても質においても、今後、氏を超える作家は出現しないであろうと確信せざるを得ないほどの大作家だったことを思い知らされる。

井上氏は、八十歳のとき、食道ガンの大手術をして、そのあと『孔子』の執筆を開始され、七百枚余の長篇として完成された。その作家としての気魄《きはく》と生命力、そして尽きせぬ創造力は、余人が真似《まね》て真似られないものである。

『孔子』の最後のところで、井上氏は、〈葵丘《ききゆう》会議〉に触れて、私たち人間への遺言とも言うべき言葉を残している。〈葵丘会議〉というのは、孔子が生まれる百年ほど前に、宋《そう》の国の北境の、葵丘という小さな村で、当時の列強のあいだに取り交わされた盟約であった。——黄河の流れを曲げることなき誓い。——黄河の堤を切ることなき誓い。この二つのことを誓い合った会議であるという。

——このように、ここで、いま思い出しただけでも、沢山の国々が亡《ほろ》んでおります。次々におくれまいと、先きを急いでいるような感じさえあります。併《しか》し、なんと言っても、国が亡びるということは、やはり大変なことであります。国民の大部分が生存してゆく、その基盤を失うということであります。沢山の人の死があり、家の壊滅があり、一族の離散があります。

中原全体が大きな地震にゆす振《ぶ》られ、ゆす振られている。——まさにこのような状態であろうと思います。
併し、こうした中で、葵丘会議に於《お》ける取り決めは、爾来《じらい》、二百年の間、ついに破
られることなく、今日に到っているのであります。どうして、こうした人間が、みな
が倖《しあわ》せに、平穏に、楽しく生きる社会を、国を、国と国との関係を造り得ないことが
ありましょう。そうした時代を招き得ないことがありましょう。——
井上氏は『孔子』のなかで、孔子の末弟子であった鳶蘲《えんきょう》にこのように語らせている。
いま私は、これが井上靖という偉大な作家の、私たち人間どもへの遺言だったと思
われてならない。

ともあれ、井上氏の厖大《ぼうだい》な作品群は、叙事的なものであれ、叙情的なものであれ、
その基底部に、つねに清潔で温かくて穏やかな詩心が脈うっていた。稀有《けう》な詩人とし
ての才能が、あらゆる作品において、魔法のような力を放ち、多くの読者を魅了しつ
づけてきたのであった。

井上靖という作家は、私たちの前から姿を消してしまった。だが、井上氏の作品は、
いつでも永遠に私たちの前にある。

1991.2

大雁塔《だいがんとう》から渭水《いすい》は見えるか

井上靖氏の夥《おびただ》しい作品群について思いをいたすとき、表面的には〈冷たいリリシズム〉の堅牢《けんろう》な累積《るいせき》の隙間《すきま》に、寡黙《かもく》でありつつも、揺るぎない人間愛をみつけだす。それは初期の作品にも、晩年の作品にも、一貫していたように思われる。声高ではなく、大上段でもなく、感傷的でもなく、滅びていくもの、去っていくもの、別れていくものへの、やはり徹底的に詩人でありつづけた人の眼光を感じざるを得ないのである。

私は、井上靖氏といったい何回、お目にかかっただろうと思い、そのつど、四回だったな、とか、いや、五回かな六回かなと思い直すのだが、いずれにしても、十数年のあいだに、指折りかぞえる程度で、氏の横顔といったものを書ける資格はない。私にとって、井上靖という作家は、近寄りがたい特別な存在だったのだ。

氏と初めてお逢いしたのは、氏が「群像」に『本覚坊遺文』の第一回目を発表されたときであった。京都で飲んでいるので、来ないかというお電話をいただき、タクシーで京都まで向かったのだが、車中、『本覚坊遺文』を読みながら、井上さんは、利休の最後の手前の相手を誰にするのだろうと思った。

お逢いした際の酒席の場で、私は、自分の拙《つたな》い感想を述べて、あつかましくも、その相手は誰なのかと訊《き》いた。座は、一瞬、静かになり、井上氏の目も強い光を放って、私を見つめた。

私は、生意気なことを口走ったことに後悔し、何かとりつくろおうとしたのだが、井上氏は即座に微笑し、さっきもそのことが話題になったのだと言った。

「私は、もしあした死ぬなら、いったい誰と逢いたいだろうかと考えたんです。逢いたい人は、どうやら二人だと思う」

氏は、二人の名をあげたが、無論、私の知らない人物であった。

「それを、利休に置き代えたら、やはり、長次郎には逢いたかったでしょうね。あとは誰か……」

井上氏は、そこで言葉を区切り、笑いながら、

「さあ、誰でしょうか。とにかく、私には、もうそれが書けるんです」

と言った。そして、中野重治の詩のことや、小林秀雄について語り、あの有名な飲

みっぷりで、ブランデーのお湯割りを、水のように飲みつづけた。

——私には、もうそれが書けるんです。

その言葉は、とりたてて深い理由もなく、私の心に残っていて、『本覚坊遺文』が完結した際、私は、なるほど、そういうことだったのかと納得したが、同時に、歴史小説、とりわけ、西域物と呼ばれる作品についての、氏の想像力と取り組み方の、いわば腰の坐《すわ》り方の根幹に触れた気がしたのである。

井上靖氏の西域物に関して、大岡昇平氏とのあいだで、いわゆる歴史小説論争があったことを、私は作家になってから知った。

その話を、私は、二、三人の編集者から耳にして、井上氏が西域に行かずに『敦《とん》煌《こう》』を書いたことも知ったのである。

『敦煌』のなかに、大雁塔から渭水（黄河の支流）が見えるという描写があり、なぜ、大雁塔にのぼらずして、そこから渭水が見えると書けるのかを問題にした人もいたらしい。

けれども、私が、その件について、きれいさっぱり忘れてしまっていたころ、訪中作家代表団の一員として、中国へ行くことに決まった。一九八三年の秋である。

水上勉氏を団長とする一行は、北京《ペキン》、西安、成都、桂林《けいりん》、上海《シャンハイ》を訪問した。西安に着いて二日目、私たちは大雁塔を見学することになった。大雁塔にのぼると決まったときでも、私は、井上氏の『敦煌』の一節のことを忘れていたのである。

ところが、訪中団の一員であった評論家のA氏が、自分は少し疲れたので、下で待っているが、きみは、ぜひ大雁塔のてっぺんまでのぼって、そこから渭水が見えるかどうか、確かめてこいよと私に言った。

私は、気楽に応じて、大雁塔の昇り口まで行ったが、中国のあちこちからやって来た見学者たちの、すさまじい数と、思いも寄らなかった急な階段に怖気《おじけ》づき、なんとか三階まではのぼったのだが、そこで音《ね》をあげて坐り込んでしまった。

幼い孫の手をひいた親切なおじいさんに励まされ、やっとの思いで大雁塔のてっぺんまでのぼったときには、もう息は切れ、かつて長安の都の四方がすべて見通せたという眺望に目をやる余裕もなく、押しあいへしあいしている見学者にもまれながら、尻《しり》もちをついて休憩すると、そのまま降りて来てしまったのだった。

中国の旅を終えて帰国し、一ヵ月ほどたったころ、井上靖氏が、訪中団の労をねぎらう小宴を自宅で催してくれることになり、私は上京し、初めて、世田谷の井上邸に行った。

広い応接間で、それぞれは、中国での出来事や感想を語り合ったのだが、宴なかばになって、突然、件《くだん》のA氏が、

「大雁塔から渭水は見えたかい？」

と訊いた。

私が、それどころではなかったことを説明していると、井上氏と目が合った。井上氏は微笑《ほほえ》んでいたのだが、その瞬間、私は、かつての歴史小説論争を思い出し、どうして、A氏が、渭水にこだわっていたのかに気づいたのだった。

けれども、A氏がやり玉にあげたかったのは、井上氏の西域物ではなく、じつは、私の『螢川《ほたるがわ》』だったのである。

いまさら、何が大雁塔か。渭水が見えるかどうかをそんなに知りたかったら、自分でのぼればいいではないか。

私は、少し腹が立って、A氏にそう言い返した。すると、A氏は、

「じゃあ、きみの螢はどうなんだ？　あんな螢、ほんとに見たのか？」

と言った。

私は、そのときの井上氏の一瞬の鋭い眼光を、いまでも忘れることができない。その井上氏の目の光は、たちまち柔和な笑みに隠れたが、井上氏は、A氏に、

「宮本さんの心のなかには、あれだけの数の螢が飛んでいたんでしょうね」

と言った。

見事な座のまとめ方であったが、大雁塔から渭水が見えるかどうかの問題に、井上氏自身が、さりげなく、自分の考え方を述べ、しかも、そのひとことは、有無を言わせぬ力に満ちていたのだった。

実際に、渭水が見えるかどうかなど、どうでもいい。この俺の心のなかでは見えたのだ。それでいいではないか、と。

私は、ホテルに帰るタクシーのなかで、井上氏と初めて京都で逢《あ》ったときのことを思い浮かべた。氏は『本覚坊遺文』から話題が他に移った際、私にこう言ったのだ。

「宮本さん、小説って何でしょうね。決して、学問でもない。宗教でもない。小説は、遊びですね。贅沢《ぜいたく》な心の遊びですね」

1993.11

中上健次追悼

扉の向こう

中上健次という名を初めて知ったのは、私が二十八歳のときである。私はその年、作家になるのだと息巻いて会社を辞め、わずか四、五ヵ月もたたないうちに、もう前途を案じて新聞の求人広告を盗み見たり、いつまでたっても作文の域を出ない自分の小説がなさけなくて、夜、あてもなく歩き廻ったりするありさまだった。

そんなころ、中上さんは『岬』で芥川賞を受賞して登場した。すでに文学の世界では、中上健次という作家は登場して、その存在感は、知る人ぞ知るであったのだろうが、大学を卒業して会社勤めをつづけていた私は、文芸誌など手にしたこともなく、中上健次の名も知ってはいなかった。

私は『岬』を読み、そのあと、文学の世界にくわしい友人に教えてもらって、『十九歳の地図』、『鳩《はと》どもの家』、『浄徳寺ツアー』を読んだ。

内心は、「たいした小説じゃないよ」

と友人に言ったりしたが、それは作家をこころざす青年の悔しさであって、内心は、中上健次を、とても遠くにいる、高い場所に位置している若い作家として、羨望《せんぼう》の気持を抱いたのだった。

私はそれから二年後に芥川賞をもらったが、もし、私と中上さんとのあいだで、何等かのつながりが生じたとしたら、私の受賞第一作の『夜桜』を、中上さんと川村二郎さんが文芸誌の対談で取りあげ、徹底的に罵倒《ばとう》したことであったろう。

そのころになると、何人かの編集者の口から、中上さんの話を耳にするようにもなり、私は、本気で、一生涯、顔を合わせないままですむなら、そう願いたいものだと思いながら、数年が過ぎた。

けれども、中上さんが書くものは、ほとんど読んでいて、『岬』以後の作品が、それ以前の作品と比して、いちじるしく変化していくさまも感じていた。それは中上さんの「息遣い」の変化であった。センテンスは、ぽきぽきと折れるかのように短くなり、肉や血がぶつかり合うみたいな作風は、別の次元のところで完成していくのかと思われた。

それは、私とは、ある意味でまったく異なった世界へと遠ざかっていく作家のうしろ姿を想像させるものだったが、同時に、いつでも、どこでも、とにかく打席にたてば、とんでもないホームランを打つであろう凄味《すごみ》を漂わせつづけてもいた。

初めて逢ったとき、私は、中上さんが、じつは極めて内向的な人であり、こまやかな心遣いを持つ人ではないかと感じた。他人に見せる部分は、本当の中上健次ではないような気がしたのだった。

妙なことに、私は中上さんと逢って別れる際、たとえば、タクシーに乗るときとか、料理屋や酒場から出るとき、なぜか私が送られるかたちになったことはない。タクシーに乗るときは、中上さんが先に乗り、窓をあけ、私と何か言葉を交わして去っていく。料理屋を出るときも、いつも中上さんが先に帰っていく。エレベーターに乗るときも、先に乗った中上さんの姿を、エレベーターの扉が左右から消していく。

そこに意図的なものはなく、偶然、なぜかいつもそのようになってしまったのであろうが、いま思えば、結果的に、私が中上さんと別れるとき、いつも何かの扉によって遮断されたのである。

いつだったか、新幹線の車内で、ふいに中上さんに肩をたたかれた。中上さんは新宮に帰っていて、名古屋から東京へ向かう新幹線に乗り、私をみつけて、うしろから、よおっと肩をたたいたのだった。そのとき、空席はなく、中上さんは通路に立ったまま、私と小一時間ばかり話した。ウィスキーの水割りを売りに来たので、私も中上さんもそれを買って飲んだ。やがて、食堂車で飲もうということになったが、食堂車も満員だった。

私は新大阪からずっと坐ってきたので、中上さんに自分の席をゆずろうとしたが、中上さんは、

「結核をやったお前に席をゆずってもらえるかよ。俺は肉体労働で鍛えた体なんだ」

と笑って、通路に立ったまま飲みつづけた。だが、やはりくたびれてきたのか、どこかに席が空いたかもしれないからと、後部の車輛《しゃりょう》に移っていった。そのうち、私の隣の席が空いたので、私は中上さんを捜した。どこにも中上さんの姿はなかった。私は、そんなはずはないと思いながら、結局、新幹線の最後尾まで行ったのだが、中上さんはみつからなかった。電車はどこの駅にも停まっていないので、トイレの便座に腰かけて、飲みつづけているとしか考えられなかった。けれども、新幹線のトイレのドアをひとつひとつノックしていくわけにもいかず、私は、中上さんが戻ってくるのを待ちつづけたが、東京駅に着いても、中上さんは姿を見せなかった。

いったい、あのとき、どこへ行っていたのか、私は中上さんに逢ったら訊いてみようと思いながらも、逢うと忘れてしまって、ついに訊かずじまいだった。

中上さんは死んでしまったらしいのだが、どこかの扉の向こうに行っただけみたいな気がして仕方がないのである。

1992.10

喪失

数年前まで、中上さんの蛮勇ぶりは、つとに有名で、どこそこの作家が酒場で殴られて肋骨《ろっこつ》にヒビが入っただとか、ある編集者がビール壜《びん》で殴られて大怪我《おおけが》をしたとかの噂《うわさ》は、東京から遠く離れている私の耳にも届いていて、私は出来うるならば、生涯、彼の近くに行きたくないものだと思っていた。

けれども、中上健次という、私とほぼおない歳《どし》の作家が生みだす数々の作品の磁力は、また同じように彼自身の放つ磁力と化していたので、橋を渡らなければ向こう岸へ歩いて行けないのと同様に、私もいずれは中上さんの蛮行の洗礼を受けるであろうことを予測していたのである。

中上さんと初めて逢ったのは、一九八三年の秋だった。ある文学賞の選考会に、どちらも選考委員として同席したのだが、そして、中上流攻撃は待ちかまえていたのだが、私は中上健次という人は、思いの他に、細心で、喋《しゃべ》る言葉の背後に、妙に苦心して作りあげた幾つかの思考回路がある人だなという印象を持った。そして、その印象は最後まで変わらなかった。

その同じ年の暮、私は「文學界」の対談のために大阪で再び逢った際、

「中上がごちゃごちゃむずかしいことを言い出したら、おしまいやないか。中上の凄いところがみんな消えていくよ」

と私が言うと、

「だんだんむずかしくなっていくんだよね。観念とか、そんなものをこっちが持っていると。みんなむずかしくなって、むずかしくならないと現代作家じゃないみたいな錯覚にとらわれてね……」

中上さんはそう言って、こちらがはっとするくらい、気の優しそうな、どこか不安そうな表情で微笑《ほほえ》んだ。私は、そのときの中上さんの微笑を忘れない。体の大きなガキ大将が、本来の優しさをうっかり垣間見《かいまみ》せて、照れくさそうに笑ったという感じだった。

それから何年か後、同時期に「文學界新人賞」の選考委員になったころから、中上さんの百キロ以上もあった巨体はしぼみ始め、私は彼が肝臓を悪くしたことを知った。

それ以後、逢うたびに、どこかに寂し気な影が濃くなっていくので、私はなんだか気になって、

「体、大丈夫か?」

と訊《き》いた。そのたびに、中上さんは、

「元気だよ。俺は元気だよ。お前、自分のことを心配しろよ」

と笑った。

私は、一度として、中上さんに論議をふっかけられたこともないし、悪態をつかれたこともなければ、殴られたこともない。しかし、一度だけ、本気でケンカをしたことがある。夜中に、彼が脅迫電話をかけてきたのだった。留守番電話にしてあったので、

「許してもらいたかったら五千万円持ってこい」

という言葉は、当時、我が家で一番早起きだった私の母が聞いた。母はびっくりして、持病の心臓の発作を起こし、二日ほど寝込んでしまったのである。

私は中上さんに電話をかけ、そのことを怒った。度の過ぎた悪い冗談だ、と。中上さんは、これはお前への愛情の表現だと言い、しばらく私と言い争ったが、私の母が寝込んでしまったと聞くと、絶句し、

「そうか、すまなかったな」

と聞こえるか聞こえないかの声で言った。

その後、母が、中上健次とはどんな作家かと訊くので、私は彼の『鳳仙花《ほうせんか》』を母に渡した。もしそのようなことがなければ、私の母が中上健次の『鳳仙花』を読むことはなかったであろう。読み終えて、母は、

「こんなきれいな小説を書きはる人が、なんであんなに人を芯《しん》からびっくりさせるようなことをしはるんやろ……」

と首をかしげた。

――こんなきれいな小説――。母がいみじくも言った言葉は、中上さんの作品の根底にあった真の姿だと思う。中上さんは、美しい小説を書いていたのである。〈美しい〉という点において、追随を許さなかった。

だが、中上さんの思考回路には、思考するための、あるいは理論武装のための、脆《もろ》くて、ややこしいものと、情動的、あるいは本能的で、堅牢《けんろう》なものとが拮抗《きっこう》し合っていたように思われてならない。

その二種類の回路を、中上さんが意図的に融合させようとしていたのかどうか、私は知らない。けれども、中上さんが優れた作品を書くとき、一度として、思考するた

めの難解な回路は役立たなかったと思う。それは、中上さんの作家としての天稟《てんぴん》を抑えつけ、不自由にし、傷つけ、害をなしつづけたのではなかったろうか。

中上さんの優れた作品は、すべて、情動的であり本能的であるものを、〈努力〉という回路を通過させて生み出した産物だった。この、情動的で本能的で、しかも思考しつづける回路を経て構築された作品だけが、美しくて恐しい作品だったように思われてならない。

中上さんの病状は、さまざまな形で私の耳に入ってきて、訃報《ふほう》に接して驚かなかったが、大きな喪失感とともに、一年前、最後に逢《あ》った日の別れ際《ぎわ》に、中上さんが、

「宮本、お前、長生きしろよな」

と私に言った瞬間の表情を、ふいに思い出し、彼の早すぎる死の意味を考えた。考えても詮《せん》のないことなのに、長生きをしていたら、きっと、もっともっと美しい小説を書いたに違いない中上さんの死を信じるには、そうする以外になかったのだ。

1992.10

故郷をもたぬ旅人——水上勉紀行文集

人はすべて故郷《ふるさと》をもっているという前提にたって旅人について思いを巡らすとき、私はそこにふたつのタイプがあることを、つい最近知った。それを教えてくれたのは水上勉氏である。

氏の紀行文に接すると、帰るべき故郷のある旅人の目と、故郷を捨てた、あるいは故郷から捨てられた、帰るべきところをもたぬ旅人の目との、視力の相違を感じないわけにはいかない。そして水上勉氏は、故郷をもたぬ旅人である。氏には、幾たの名作を創《つく》らせたあの若狭《わかさ》があるではないか、と人は反論するであろう。けれども、私はそのことを充分承知のうえで、なお、水上氏を故郷のない旅人だと思っている。そうでなければ、辺境の駅舎の改札口や、異国の町の虚《うつ》ろなともしびを、感傷のない、冷徹な、しかも絶えずその底に寂しさをたたえた目で見つめつづけることなど出来ぬ筈《はず》だ。

氏の紀行文を読むとき、水上勉という作家のすさまじい視力と底知れぬ寂しさの秘密に触れて、旅もまた一期《いちご》一会《いちえ》であることを、さらには、氏を一期一会の旅へと送り出している氏にとっての故郷の正体を思うのである。

1982.8

知力の調べ――小林秀雄全集

そのときは確かに時流に乗った価値を秘めていて、人々に何等かの思惟《しい》や示唆《しさ》や感動を与える役割を担《にな》っても、旬《しゅん》の時期を過ぎるとたいした意味を表さなくなる書物というものは無尽蔵に存在する。

だが、不動の知力によって構築された文章なり思惟なり感想なりといったものは、年月を経るごとに新しい音楽を、読む人の成長にともなって奏《かな》でつづけていく。

その知力の調べの凝縮を我々に残したのが小林秀雄であったが、装《よそお》いを新たに全集が刊行されるとなると、それに対峙《たいじ》する側も心を新たにせざるを得なくなる。優れた「意匠」の「意匠」たるところだが、新しい読者に対する工夫がそこにあって、ひとつは読むという作業に思い切った手助けを試みている点だ。じつはそれこそが小林秀雄の望むところであったのではないかという気さえする。

この新しい全集は、氏の一見気難しく晦渋《かいじゅう》な思考が、文章という音符で暗号化された心地良い、わかりやすい音楽であったことを伝えてくれる。小林秀雄の知力の調べによって、暗号が解けていくと言ったほうがいいかもしれない。

2000.1

折れない針——宮尾登美子『つむぎの糸』

本書は、宮尾登美子さんが、『一絃《いちげん》の琴』で直木賞を受賞して、ほぼ一年近くたってから高知新聞に連載したエッセーをまとめたものである。エッセーとは、別の言い方をすれば、その人間を成しているものからこぼれ散るしぶきであろうと私は思っている。それゆえ、エッセーを書くのは恐ろしい。だから作家の中には、庭のひまわりが咲いたとか、きのう急に冬が来たとかのエッセーしか書けない人がいるし、逆に創り物しか書けない人もいる。この『つむぎの糸』を読むと、宮尾さんが、気分や必要に、すみやかに対処して、そのどちらをも自在に書きわける手練に長じた作家であることがわかる。粘着力のある、けれどもたおやかな文体が、宮尾さんの小説の大きな魅力となっていることは、いまさら書く必要もないのであるが、このエッセー集の文章も、一篇の分量は少ないけれども、それぞれ粘着力があり、しかもたおやかである。それは宮尾登美子という女性が、しぶとく、強情で、粘り強く、同時に楚々《そそ》としたふくよかさと、繊細な優しい心の持ち主であることを示している。宮尾さんは女性としてもまことに美しい。だが、その美しさに騙《だま》されてはならぬ。楚々とした、たおやかな容姿の奥に、鉄火肌の、てこでも動かぬ強靱《きようじん》な精神を隠し持っていることを、人はうっかり見逃してしまうからである。

だが勘違いされては困る。私は、宮尾さんの文学について述べているのだ。出世作である『櫂《かい》』も、女流文学賞を受けた『寒椿《かんつばき》』も、『一絃の琴』も、朝日新聞に連載された『序の舞』も、たおやかなその独自な文体に見惚《みと》れて、作品の底に沈められた、それこそ最も美しく、最も強靱な主題を見逃してはならないと言いたいわけである。

本書の「下積の頃」には、夫君と上京し、さまざまな賃仕事で生活しつつ小説を書きつづけた日々のことがしるされている。だが、よく読むと、宮尾さんは、結局そこでは何も書いていない。その辛苦の時代に、何に涙し、何に怒り、何に哀《かな》しみ、何に歓《よろこ》び、何を見つめていたのか、本音は吐いていないのである。あえて吐かなかったということもあるが、また吐けなかったということもある。その吐けなかった本音は、沈澱《ちんでん》し、凝縮し、万金の重みを持つ小さな妖《あや》しい結晶と化した。宮尾さんがしばしばエッセーにも書き、私にも語る言葉がある。「作家になることなんかあきらめたの。こつこつ小説を書いていこうと思ったのよ」。私はそれは嘘《うそ》だと思っている。書いても

書いても原稿を没にされ、それが十年つづいたとき、宮尾さんの中の煌《きら》めく結晶は、書きたい、書きたいとすさまじい叫び声をあげ始めた。宮尾さんは確かにその声を聞いた筈なのだ。抑えがたい執念が、野望が、宮尾さんにある達観を、鬱勃《うつぼつ》たる力のみなぎる達観をもたらしたと私は思う。宮尾さんは、どっこいあきらめなどしなかった。あきらめたふりをしたのである。「よくもまあ勝手な想像をして、好きなこと言ってるわ」と宮尾さんは笑うかもしれない。しかし、私は、「いいや、宮尾さんはあきらめなかった筈ですよ」と言いつづけるつもりである。なぜなら、世に多くの作家はいても、書き出しの二、三行で、ああ、これは誰それの文章だと即座に判別出来る作家は殆《ほとん》どいない。宮尾さんは、そのじつに数少ない確固たる文体を持つ作家である。うねうねと粘着力のある、しかし、たおやかな文体。こんな文体を身につけることの出来た人が、十年やそこいらの不遇の年月にくじけたりするものか。しかも幼い頃から病弱で、二十代で肺結核にかかり、そのうえ心臓神経症という厄介な持病にとりつかれ、離婚し、再婚し、着のみ着のままで東京に出て、貧しい時代を乗り越えてきた土佐の女が、である。

じつを言えば、『つむぎの糸』というエッセー集の解説文を書きながら、私は、宮尾さんにはもう随筆に労を費やすのはやめてもらいたいと思っている。この堅牢な構成力と緊密な文章力を持つ作家に、小さな文章を書かせて疲れさせてしまいたくないのである。宮尾さんは優れたストーリーテラーである。決して急ぎ仕事をしない人だけに、私はその労力を小説に注いでもらいたいと思う。これは、宮尾さんの小説の愛読者である私の切なる願いであって、彼女のエッセーも愛読しているという読者にはお叱《しか》りをうけるかもしれない。だが、私は、もっともっと、宮尾さんのつむぎ出す物語を読みたいのである。前述した、宮尾さんの中の妖しい小さな結晶は、その光をまだほんのわずかしか、我々の前に見せてはいない。何十、何百もの、哀しみや歓びや人生の綾《あや》を、その結晶は詰め込んだままに違いない。つまり、このエッセー集の中で宮尾さん自身が書いているように、自分が傷つかないでどうして人の心を打つ作品が書けるだろう、という一文にそれは結びつく。宮尾さんは一部の女流作家にありがちな、わけのわからない観念や愚痴を、断じて書いたりはしない。言い換えれば、うかつに書くことなど出来ない深い傷を、たくさんかかえ込んでいるということでもある。傷は深ければ深いほど、そこから発せられる呻《うめ》き声もまた重いものだ。呻き声は、物語と化して初めて、具体的な心となる。私たちは、その心が読みたいのである。心を読ませてくれぬ作家が多すぎる。そんな作家に何の価値があろう。宮尾登美子さんは、底深い心の物語を創り出せる数少ない存在なのである。宮尾さんはそのおだやかで美しい容貌《ようぼう》の内に、細い針のようなものをあたかも俠客《きようかく》が懐《ふところ》にドスを忍ばせるみたいに持っている。しかもそれは折れそうで決して折れない針なのだ。そしてその針は、なぜか人に痛みを与えない。

1983.3

ディテールと底力《そこぢから》——宮尾登美子

宮尾登美子さんについては、ほとんど反射的に思い浮かべる光景がある。

私が、太宰治賞を受けて、その授賞式のあと、筑摩書房の編集者たちと新宿のバーへ行ったのだが、そのとき、宮尾さんは、埴谷《はにや》雄高《ゆたか》さんの隣の席に坐《すわ》って、酔っぱらいたちの話の聞き役にまわっていた。

すると、突然、井上光晴《みつはる》さんが大声で、

「宮尾さんは、埴谷さんを好きですか？」

と訊《き》いた。その〈好き〉という言葉には、友人以上のものを含めての意味合いが込められていたので、宮尾さんは、しばらく返答に窮して、微笑《ほほえ》みながら、曖昧《あいまい》に言葉を濁すしかなかった。

そんな宮尾さんに、井上光晴さんは、さらなる大音声《だいおんじょう》で詰め寄った。

「じゃあ、宮尾さんは、埴谷さんを嫌いですか？」

宮尾さんは、手で口を押さえて笑いだし、

「嫌いじゃありません」

と答えるしかない。

「じゃあ、やっぱり、好きなんだ」

井上光晴さんらしいからかいは、宮尾登美子さんという、たおやかな存在が間近にあってこそのものだったろうが、そのときの宮尾さんの笑顔は、子供みたいな男どものいたずらを、いなしつつ受容する風情《ふぜい》に満ちて、これがあの『櫂《かい》』の作者なのだなと、私は見惚《みと》れてしまった。

「嫌いじゃないんだから、埴谷さんを好きなんでしょう？　好きなら好きと、はっきり言いなさい」

井上光晴さんは、身を乗り出して、そう言った。

「このインチキな論法には困ったもんだなァ」

と埴谷さんは苦笑し、宮尾さんは、笑いながら、小さな声で、

「好きです」

と答えた。その言い方には、なんだか上品な色気と、どこか凛《りん》としたものがあって、私には、井上光晴さんの死とあわせて、忘れることのできない一瞬である。

その後、私は宮尾登美子さんに、弟分みたいにおつきあいしていただいて今日に至っている。

若い頃から、結核や心臓神経症を病み、さまざまな困難のなかで、宮尾文学は醸成されてきた。一見、たおやかな風貌の奥に、気《き》っ風《ぷ》の良さと烈《はげ》しさをたたえているのは、宮尾さんの病歴や来し方において鍛えられてきた内面の底力の凄《すご》さであるが、それは同時に、作家として、ディテールと対峙《たいじ》する視力とも深くつながっている。息遣いの長い独自の文体は、一読して、たちどころに、細部への呵責《かしゃく》のない視線を読者に突きつけてくる。どんな作品においても、思いもかけない視力の機微と言えるものが横溢《おういつ》している。

持って生まれた才能と言ってしまえばそれまでだが、苦しい病を乗り超えていく過程において、多くのもののディテールを凝視し、ルネ・ユイグの言葉を借りれば、〈かたちと力〉を、風景や感情や言語の隅々に見つめてきた人だけが成しうる文体……。おそらく、宮尾さんの作品の強さは、そこから始まるような気がする。

私は、物を創造する人間には、どこか一点、異常とも言える烈しさがあると信じている。烈しくなければ、創造しつづけていくことはできない。烈しくなければ、森羅万象のディテールから目をそむけるしかあるまい。だから、宮尾登美子さんも、烈しい人なのに違いない。けれども、その烈しさは、あの美しい容姿に包まれて正体をあらわさないが、いかんともしがたく、作品のなかで息づいているのだ。

何年か前、ある雑誌の対談でお逢《あ》いした際、宮尾さんは、心臓神経症を見事に克服してみせたと、私に言った。当時、私は、同病相憐《あわ》れむ仲として、宮尾さんに寄りかかっていく傾向があったのだが、そのひとことで、なにやら宮尾さんが遠くへ行ってしまったような気がした。

「輝さんも、治そうと言い聞かせて、治る努力をしなさい」

と叱られ、私は意気消沈してしまった。不安神経症や心臓神経症が、心の病であるだけに、どれほどの業病《ごうびょう》かを思い知っている私は、宮尾さんがそれを克服したことに驚嘆の念を抱いた。

それは、並大抵の心の強さではない。宮尾さんのいったいどこに、そんな強さがあるのかと思ってしまうが、作家としては遅いスタートを切ったにもかかわらず、個人全集を刊行したという文業が、宮尾さんの底力そのものを形容している。

お酒も飲めるようになったと聞いて、それも相当強いという噂《うわさ》を耳にして、いつか、一緒に飲む機会をと思っている。宮尾さんが病を克服し、お酒を楽しめるようになったら鬼に金棒なので、ある日、とんでもない大作を完成させて、また私をびっくりさせるような予感にかられるのである。

1993.9

星を見る人——田辺聖子

田辺聖子さんは、いつも星を見ている人である。夜空に煌《きら》めく星々を、頬杖《ほおづえ》ついてうっとりと見ている人であり、物事のホシを、つまり森羅万象のかなめを見ることが出来る数少ない女性なのである。古典を読みこなす眼力も、市井《しせい》のおっちゃんやおばちゃんのうごめきを観じる眼力も、どちらも同じこの星を見つめる目から放射されている。でなければ、田辺源氏のあの流麗さと、そこにおける田辺さん独自の展開は成し得なかった筈《はず》である。

ロマンチックな少女の心と、酸《す》いも甘いも知り抜いた恐しい程の人生観照の視力は、田辺さんの出世作ともいえる『感傷旅行《センチメンタル・ジャーニィ》』ですでに完成されていたと言っても過言ではない。けれども多くの読者は、星々をうっとりと溜息《ためいき》ついて睨《ね》め入っている田辺さんを愛していて、その同じ目で物事のホシを冷厳に読み取っているのを知らずに見過ごしていそうな気がする。だが田辺文学は、間違いなく、このふたつの星を見つめる目から生まれた。

と小むずかしいことを書いておいて、田辺さんに関する私自身の楽しい思い出に触れてみたい。確か昭和五十三年のお正月が済んですぐの頃だったと思うが、ある編集者とふたりで、突然田辺さんのお宅に押しかけたことがあった。酒を御馳走《ごちそう》になり、昔懐《なつ》かしいスタンダードジャズのレコードをかけた。カモカのおっちゃんと編集者（もちろん男性）がチークダンスを始めた。カモカのおっちゃんはうっとりと目を閉じ、編集者氏はいささか恐しげな顔をひきつらせて抱き合っていた。「気色悪いなァ……」と田辺さんは笑い、あんなのはほっといて一緒に踊りましょうよと私を誘った。ふたりが立ちあがったとたん、それまでスローだった曲はジルバのリズムに変わった。私はまったく芸のない男で、ただ立って体を無茶苦茶に動かしているだけだった。そうやって田辺さんを見ていた。田辺さんは見事にリズムに乗って踊り、私をリードしてくれた。その瞬間の田辺さんは、本当に少女のような顔をしていた。その顔は、万人を魅《ひ》きつけずにはおかない程にあどけなく、美しかった。私はそのとき、田辺さんを好きになったのである。ああ、どえらいことを書いてしもた。こんど逢《お》うたら、カモカのおっちゃんにどつかれるんとちゃうやろか。

1982.12

一九九五年の焦土を書き残す――田辺聖子『ナンギやけれど……わたしの震災記』

私はいつだったか何かのところに、どうして人情なるものは哲学の範疇《はんちゅう》に入らないのか、というエッセーを書いたことがある。

さりとて、私は人情教の信奉者でもなく、人の世を人情一辺倒で価値判断しているわけでもない。

にもかかわらず私は、そこに人情のかけらのないものは、どんなに理屈が通っていても正義ではないと固く信じている。

その、人情のかけらもない正義（つまり姑息《こそく》で狡猾《こうかつ》な役人根性）を日本の為政者たちが世界の耳目にさらしたのが、一九九五年一月十七日に起こった阪神淡路大震災であった。

我々は、死んでいく人々と、神戸を焼き尽くさんまでの火の海を見ながら、同時に、我々が身を寄せるべき国家や政治家がいかに劣悪であり、私利私欲だけの無能の輩《やから》たちであるかを凝視しつづけてもいた。

田辺聖子さんも私も、被害を受けた阪神地区の伊丹《いたみ》市に住んでいる。運良く私たちは怪我《けが》からはまぬがれたが、それでも多くのものを失なった。しかし、失なった「もの」とは、単に物質だけではなかった。壊れた風物への思い出も郷愁も、言葉にならない大切な何物かのすべてが、慈《いつく》しみのない政治によって粉砕されたのだった。

けれども、田辺さんは、そんな無念さを声高に過激にアジテートするのではなく、含羞《がんしゅう》を秘めたチャリティー講演と、震災記という文章によって私たちに残している。それがこの『ナンギやけれど……わたしの震災記』という一書である。

震災後、家が壊れてしまった私は、同じ伊丹市内の、田辺邸と目と鼻の先に引っ越し、

「田辺聖子さん？　ああ、うちの裏に住んではるで」

とえらそうに言い、

「テルちゃんの家？　ああ、あれはうちの裏よ」

と田辺さんに言い返され、たしかに歩いて一分か二分もかからないので、ときおり

私は一升壜《びん》を下げて遊びに行くようになった。

「一升持って来て、二升飲んで帰りはった」

と田辺さんはあきれていらっしゃるそうだが、田辺邸での酒は、田辺さんの気遣いと、夫君であるカモカのおっちゃんのたたずまいの融合のなかで、いっそう滋味深くなる。

ある日、田辺邸で盃《さかずき》を重ねているとき、どの作家が残り、どの作家が残らないかという話になった。

太宰治は残るが、芥川龍之介は残らないかもしれない。谷崎は残る。三島由紀夫は？

そうやって作家の名をあげていき、川端康成はとなり、私は残るとすれば『雪国』であろうかと自分の考えを述べた。

すると田辺さんは『雪国』ではなく『掌《てのひら》の小説』をあげ、そこに所収されている極く短い一篇のあらましを語ってくれた。

脊椎《せきつい》カリエスで長年臥《ふ》していた妻が死に、背や胴を固定していたぶあついギプスだけが残った。葬儀が終わったら、しかるべく処理をしようと、そのギプスを庭の片隅に置いていたら、つばめだったか、すずめだったかが、そのなかに巣を作って元気良く頻繁に出入りしていた……。

　ただそれだけの掌編だが、田辺さんはその短い小説のすごさに感嘆しつつ、熱っぽくご自身の小説観の一端をのぞかせた。

　これが田辺聖子という作家の目である。

　夢やロマンを次々と紡《つむ》ぎつづける人の、心の奥にある目なのだ。

　田辺聖子さんは、小説もさりながら、エッセーにも並々ならぬ心血を注がれるが、心血は何かによって濾過《ろか》されて、その上澄みだけが読者の目に触れる。

　かつて週刊文春で約十五年間にわたって連載された「カモカのおっちゃん」シリーズは、その後、『女の長風呂《ながぶろ》』『芋たこ長電話』『イブのおくれ毛』などと題されて刊行されたが、私は連載中、ずっと「超」のつく愛読者のひとりであった。

　一回分が原稿用紙でわずか七枚弱のこのエッセー・シリーズには、田辺さんの人間観や、その深い教養に裏打ちされたユーモアや慈愛や重量感のある含蓄が満載されている。

　他のさまざまな書き手によるエッセー・シリーズが束になっても敵《かな》うものではない。

『ナンギやけれど……』は、そんな田辺さんが、未曾有《みぞう》の大震災を体験して、自分の目で見て感じて怒って、落胆して、哀《かな》しんで、そこから、なにくそと立ち上がろうとしている人々へ向けたメッセージなのだ。

1999.1

清潔な蠱惑《こわく》——黒井千次『春の道標』

恋愛小説というものを書くことはむつかしい。幾通りもの恋愛が存在するからではなく、いかなる恋愛にせよ、そこに論理を持ち込むことが出来ないからである。とりわけ、感情もかけひきも未熟な〝青春の恋愛〟を料理する作家は、技巧を凝らしたスープや香辛料を捨ててしまわざるを得ないのである。思い起こしてみるがいい。いま青春の只中《ただなか》にいる人も、青春という時代から長い年月を経てしまった人も、それがあくまでも節度を保ったものであれ、不純な肉体だけのものであれ、調味料などは、ついに必要とはしなかった事実を。

作家にとって、スープも香辛料もその文章に駆使出来ない小説を仕上げるのは、じつに苦しい作業である。虚心坦懐《きょしんたんかい》な作家は、もはやそのことで作家の資格を疑われるくらいだから、すなおに素朴に、〝青春の恋愛〟と対峙《たいじ》して『春の道標』という、清らかな、それでいて独自な官能味を秘めた恋愛小説を仕上げた黒井千次氏は、おそらく並々ならぬ力量と可能性を持った作家である。この小説は、黒井千次という作家にとっても『春の道標』となったような気がする。ある種の諧謔《かいぎゃく》と潔癖。強い思考力と市民性。このような武器を秘めた作家でなければ、〝青春の恋愛〟を『春の道標』として、多くの青年たちの道端にそっと置いてみせることなど出来なかった。

黒井氏は、信念を抱いて、このてらいのない甘美な恋愛小説を書いたに違いない。時代がどのように変化しようとも、決して変わらないものを見せてやるぞ。そんな氏の、少し大袈裟《おおげさ》に言えば弾劾《だんがい》の呟《つぶや》きが、『春の道標』を読み進むうちに聞こえてくる。氏は、作中でさりげなく、第二次世界大戦の呪縛《じゅばく》から解き放たれ、しかもなおかつ未来に対して暗中模索の状態であった日本の世情を刻み込んだ。黒井氏は恋愛を書いたか。戦後処理が一段落し、新しい時代を歩みだした日本と、当時の若者たちの生態を書いたか。私はそうではないと思う。どんな時代にあっても、どんな人間であろうとも、必ず通っていく普遍的な道を、そしてすべての若者が立ち停まり、胸をうずかせ、苦しんだり歓《よろこ》んだりしながらよるべなく見つめる道しるべを書いたのだ。あらゆるものが汚濁化し、遊戯化した現代に生きるひねた若者も、『春の道標』の主人公と同じ心を持っている。少しも変わってはいないのだ。その証拠を見せてやろう。黒井氏は『春の道標』を、現代の若者へのアンチテーゼとして提示したのではなく、氏の青春を描くことによって、ねェ、きみたちも俺たちもおんなじだったんだぜ、それを見てくれよ、と語りかけて包み込んだのであった。十七歳の明史《あけし》と、十五歳の棗《なつめ》は丘の上で幼いけれども大胆な時を過ごす。

（カーディガンが拡《ひろ》げられ、ブラウスの前が開かれ、スリップに半ば包まれた胸が現われた。肩にかかった紐《ひも》を抜こうと身じろぎした彼女は、それがむずかしいのを知ると諦《あきら》め、スリップの縁のあたりに手をのせて自分の胸を一度抱くようにした。その後、彼女の掌は明史の手に重ねられた。明史をゆっくりとスリップの内側に導いた。

痛々しいほど柔らかく優しいものがそこにあった。胸の上に拡がりながら拡がりきることが出来ず、やんわりとふくらんだその頂きに薄赤い印があった。手の内から逃げようとする弾みを摑《つか》み、明史は顔を寄せた。）

このような描写が、極めて蠱惑的でありながら、あくまでも清潔であることで、〝青春の恋愛〟に普遍性をもたらし、現代の若者に対する弾劾と包容とを同時に成し得たことが、『春の道標』の優れた一点だと思う。

しかし、この恋愛小説のもっとも重要な一点は、石坂洋次郎の『青い山脈』でもなく、ラディゲの『肉体の悪魔』でもないということなのだ。『春の道標』を読む人は、そこに劇的ではなかった自分の青春と恋愛を透かし見るだろう。どこにでもあった恋。

ついに成就《じょうじゅ》しなかった平凡な恋。けれども、やはり自分に何物かを与え、そして何物かを残していった恋。どうしたって小説のネタになどなりそうにもない、あまりぱっとしない恋。ああ、そう言えばあの頃、学校からの帰りみち、ときどき駅のプラット・ホームで見かけた少女に声をかけようかどうか迷ったあげく、胸をどきどきさせるだけで、とうとう何も言えずじまいだったっけ——。あるいは、いいところまでいったんだけど、結局見事にふられたんだよなァ。考えてみりゃあ、世の中そんなにドラマチックな筈《はず》ねェよなァ——。つまりそのような無数の恋の経験者、もしくはこれからそのような経験をするであろう人々に、『春の道標』は、多少甘くて切ない味つけをしてくれて、過ぎ去った思い出や、来たるべき思い出を、実際よりもほんの少し幻想的にさせてくれるのである。それは『春の道標』が、前述した『青い山脈』や『肉体の悪魔』と決定的に異なった独自の力を持った小説であることを示している。

『春の道標』とよく似た力を持つ恋愛小説はたくさんある。しかし、『春の道標』が、それらの中でひときわ秀《ひい》でているのは、文章の清潔さ、ひいては黒井氏の作家としての清潔さに負うところ大である。私は、清潔な文章で書かれた小説以外は信じない。

（書かれているものの中に生きている二人と、実際に出会い、顔を見て声を聴き笑いを交す彼等と、どちらが本当の自分達であるのか、明史にはわからなくなる折があった。それでも、慶子が封筒の内に仄赤《ほのあか》らんだ色をいれれば、明史は赤い色で応《こた》えた。彼女が積木を三つ重ねれば、彼はその上に四つ目をのせようとした。）

幼い恋のかけひきの、見事な活写の一部であるが、読者はここに、私の言う清潔な文章を見るであろう。さらには、これまで少し律義《りちぎ》過ぎるきらいのあった黒井氏の作品が、『春の道標』に至って、肩の力が抜けのびやかになったのを私は見た。そののびやかさが、この小説をアンチテーゼではなく、心根の優しいおとなの包容力に転化せしめたのだという気がする。『春の道標』の主人公・倉沢明史は、この小説の姉妹篇とも言うべき『禁域』で、すでに登場している。『禁域』の中の倉沢明史は『春の道標』よりも三つか四つ年少であるから、黒井氏はいつか『禁域』『春の道標』につづく次の青春小説を書くかもしれない。そこで黒井氏は、どのような文章の艶《つや》をたずさえて、どのような青春の曳航《えいこう》を見せてくれるであろうか。私は一読者として、とても楽しみにしている。

1984.6

縁《えん》とロマン――黒井千次『眠れる霧に』

「烏《からす》の黒きも鷺《さぎ》の白きも先業《せんごう》のつよく染《し》みけるなるべし外道《げどう》は知らずして自然《じねん》と云《い》……」。これは、日蓮《にちれん》が門下のひとりに託した手紙の一節である。ここでいう外道とは、因果律をあらゆる事象の根本に据えようとはしない思想を一応は指しているが、さらに立ち入れば、因を果と為《な》さしめるためには、そこに〈縁〉が介在していることも示唆《しさ》している。

原因が結果へと至るための無尽蔵な触媒は、私たちの周りでことごとく眠り、突如、目を醒《さ》まして、ついにはその原因と結果を不可知な闇《やみ》の領域に遠ざけて、あげくは我々を盲目にさせる役割も演じる。小説における偶然性とは、つねに、この〈縁〉の芯《しん》であったり、淵《ふち》であったりするのであろう。つまり、小説とは、書き手のそれぞれの視力で、何をどんなふうに〈縁〉として展開させ、鷺はなぜ白いのか、烏はなぜ黒いのかを、決して偶然ではないと具象化する言語芸術なのかもしれない。

小説家も、己の弾丸《たま》を使い切ってしまうと、苦しまぎれの思考に沈んだあげく、論理の網にからまって因と果にばかり目が行ったり、逆に縁にばかり気をとられたりする。そこで小説家は二つに分れていくようだ。ペダンティックな言葉で逃げて、原因も結果もあるものかと臆病《おくびよう》に大見得を切りながら、頭だけ賢ぶり、あるいは、リアリティを度外視した偶然性の羅列を捨鉢に並べ、同じように身を縮めてひらきなおるのである。

しかし、最もさげすむべき小説家は、因も縁も果も初めから念頭にすらないか、それともそんなものは周知の自然現象だから、文学でどうのこうのと云々《うんぬん》する問題ではないとうそぶき、さも妖《あや》しげに日記に似せた寓意《ぐうい》や、語彙《ごい》にだけ凝った文章を小説らしく書く輩《やから》である。

コナン・ドイルは〈椈《ぶな》の木荘〉の中で、シャーロック・ホームズにこう言わせている。

——「芸術のための芸術を愛するものは」とシャーロック・ホームズはデイリー・テレグラフ紙の広告ページを横に投げだして言った。「つまらない作品からでも、強い感激を汲《く》みとることが、よくあるものだ」。——

芸術のための芸術を愛するものは、小説に限って言えば、何も読者や一部の評論家だけでなく、作家もまた同時に含まれている。そのような作家は、無数の人生の行く手を左右する無数の〈縁〉に論理で向かい合い、一個の石ころに、一滴の雨に、方図もない生命の拡がりをどうにも感得出来得ない才能にさいなまれている。

突然の濃い霧によって動き始める黒井千次氏の『眠れる霧に』は、石ころ一個、雨粒一滴からも生命を得て、それらをすべて〈縁〉として生かし、人生のミステリーを創造してみせた小説だと思う。濃霧のために道を間違い、運転する車をとんでもない方向に進ませた一組の夫婦が、やがて箱根の星野屋という旅館に眠っていた過去の出来事を、読む者の前に生き生きと映し出していく。

星野屋には戦争中、二種類の団体客が逗留《とうりゅう》していた。日本よりも先に降伏し、同盟国であった日本軍の指示で、集団生活を強いられたドイツ海軍の将校と兵士たち。そして、学童疎開《そかい》で親元から離れて生きる小学生の女の子たちであった。

道に迷ったことから、星野屋を訪ねてみる決心をした妻には、モルという名のドイツ兵と少女の自分とのあいだに、いったいいかなる出来事があったのか、その秘められた部分の真相を確かめたい衝動を積年胸に蔵してきた。けれども、夫のほうは、妻の本意が判《わか》らぬまま、旅館の裏山の一角に、ぽつねんと作られたひとりのドイツ兵の墓碑になぜか心を奪われる。鉄十字とそこに葬《ほうむ》られたドイツ兵の名、それに、生年月日と死んだ日とが彫られている。ハンス・ベルグマン。一九一九年九月十六日に生まれ、一九四五年十月四日に死んだことしか判らない。日本の敗戦から約二ヵ月後に、二十六歳で、おそらくこの星野屋で息を引き取ったのであろうドイツ兵が、夫の中で妙に生き始めるのである。——こんなに遠くまで来て、なぜ死んだんだ——。黒井氏は、夫にそう無言で語らせたあと、別の章で次のように書いている。

「霧の日に箱根の旅館の裏山で見かけたドイツ人の墓のことは、その後日が経《た》っても、浩平の頭から容易に離れなかった。

——中略——

仕事に疲れて駅から帰って来る夜道で、あの墓は今ごろ闇の底に沈んでいるのだろうな、と浩平はよく思い出した。同僚と酒を飲んでもすっきりとせず、充ち足りないものを抱えたまま家への最後の角を曲る時、おい、ハンス、山は寒いか、と声に出して呼びかけたりもした。なぜか理由もわからぬまま、ハンス・ベルグマンは浩平にとってひどく親しい人物に変りつつあった。」

しかし、物語は、この浩平と朋子という夫婦の手引きによって、星野屋の女将《おかみ》・夕子の、四十年近い昔のドラマへとつながっていく。黒井氏は、そのつながりの部分を、すべて偶然性によって開くのである。これでもか、これでもか、と偶然を駆使し、過去と現在を行き来させる。

モルは少女の朋子に何をしたのか。ハンス・ベルグマンはなぜ死んだのか。星野屋で何が起こっていたのか。ザビーネという太った女は何者だったのか。副官のテッカート中尉《ちゅうい》は、はたして何を考え、誰を愛したのか。少しずつ少しずつ眠れる霧は目を醒ましていくが、けれども完全に晴れようとはせず、戦争に敗《ま》けて祖国から遠く離れた箱根の星野屋で生きるドイツ兵たちのうしろ姿と、そこに関わった少女たちの横顔を、池に映った月のように冴《さ》え冴《ざ》えと光らせたり、おぼろに歪《ゆが》ませたりする。

このような手法は、じつは黒井氏にとっては、最も得意な領分であったのかもしれない。氏のこれまでの作品には、硬質な通俗性の舌先が、出たり入ったりしていたと私は思っている。小説家が、こんなものを書きたいということと、それをそのように書けるということは、つねに離反していて、だからこそ泥沼でもがくのだが、もうひとつ小説家にとって厄介なのは、こんなものを書きたいのだが、それによって自分の暖簾《のれん》に傷がつきはしないかと恐れる心にいつも負けつづけることなのだ。実験的手法に挑戦した、とか、新境地を開いた、とかの謳《うた》い文句で飾られる小説も、所詮《しょせん》、暖簾に傷をつけない程度の誤魔化しを、素材のすり代えやテーマのこけおどしでやったにすぎない。そんな作品が、なぜか上等がられる昨今である。

黒井氏は『眠れる霧に』で、とにかく書きたいものを書くために、やりたいようにやった。私は、その黒井氏の荒技に、少々驚いている。霧を縁にし、小さな墓碑を縁にし、星野屋の客たちを縁にし、ふいに登場する人間をすべて縁にし、古い写真も、雨も花も、庭から芦ノ湖が三分の一くらい見える別荘も、通りがかりの車も、〈リリー・マルレーン〉というミュージカルも、ありとあらゆるものを縁にして、主人公たちを大戦末期の星野屋に集結させる。そのことによって、因は果を結び、果は新たな因を生じさせ、また再び果を為さしめる奥行きのあるロマンの創造に成功したのである。

私は、この小説を、〈再会〉のもたらす裏切と再生のロマンとして、おもしろく一気に読んだが、それは黒井氏が、物語のために、森羅万象ことごとくを、因とし、縁に使い、果を生じる極めてオーソドックスな手法へと視点を定め、覚悟を決めて歩きだす歩調の強さをも伝えているからである。ものおじの跡を残さず、ぬけぬけと堅牢《けんろう》な絵空事を創《つく》り、浩平夫婦にも、夕子にも、加藤教授にも、モルにもハンス・ベルグマンにも、テッカート中尉にも、明確な輪郭と翳《かげ》を持たせた。『眠れる霧に』は、最初は朋子が、次に夕子が、物語の中心になっていく。しかも、次第に五十代後半の夕子に肉感が増し、黒井氏の筆も柔かみを加えていく。そして、それにともなって、敗軍のドイツ兵の営みも、霧の奥の燐光《りんこう》のような生身を垣間見《かいまみ》せたりする。

「敗戦の翌々年の二月、ドイツ将兵が本国に送還された後、隊長のシュミット大尉の使っていた部屋の一部に見慣れぬ傷跡の残っているのが発見された。床の間に接して、茶器を入れた小さな戸棚などを置くような半畳ほどの板敷が設けられていたが、淡い樺色《かばいろ》に塗られた艶のある分厚い板の上に、瓶の細い口で叩《たた》いたような小さな半円形の跡が無数に重なり合って拡がっているのだった。指で撫《な》でると表面は気味の悪いほどでこぼこしていた。

なんだろう、これは、と腰を折った常雄が両膝《りょうひざ》に手をついて覗《のぞ》きこみ、先代の番頭が、さあ、と首を傾《かし》げた。靴の跡ですよ、ハイヒールの踵《かかと》よ、と夕子は低く叫ぶように言った。一目みてそれがわかった。ザビーネのたっぷりと肉をつけた短い身体《からだ》と、細い踵のハイヒールとが眼に浮かんだ。」

この夕子の言葉に、常雄は、たとえば部屋の中でハイヒールに履き替えたとして、こんな隅でなにをしていたんだと訊《き》く。たったそれだけの描写であるが、自国の敗戦のあと、本国送還のときを待ち、戦犯裁判に怯《おび》えるドイツ人将校の、一瞬の物語を、黒井氏はこのようにして立ちあがらせてみせた。

みんな人間として生き、みんな傷ついた。傷つかなかった者は誰もいなかった。ハンス・ベルグマンも、星野屋で寂しく死んだ。けれどもその傷が、数十年後に彼等を星野屋に招き寄せ、再会させ、それぞれの傷に、それぞれの結着をつけさせるのである。再会も、また大いなる偶然のひとつと言わざるを得ない。

法華《ほけ》経の見宝塔品第十一に、〈四面皆出《かいすい》〉という四文字がある。それを日蓮は御義《おんぎ》口伝《くでん》の中で、次のように展開している。ちなみに宝塔とは地から湧《わ》き出た巨大な宝の塔で、金、銀、瑠璃《るり》、硨磲《しゃこ》、碼碯《めのう》、真珠、玫瑰《まいえ》の七宝によって飾られている。この宝塔は、我々一人ひとりの生命を表現している。

「第三四面皆出の事 文句の八に云く四面出香《すいこう》とは四諦の道風・四徳の香を吹くなりと。

御義口伝に云く四面とは生老病死なり四相を以《もっ》て我等が一身の塔を荘厳《そうごん》するなり」

宝塔は、四つの面を持っていた。それは生老病死という免れ得ない人間苦であった。この四つの最大の苦悩によって、宝塔はさらに荘厳されていくという意味である。私は、妙なご託を並べているのではない。ここで鼻白む人は、生涯、箸《はし》にも棒にもかからぬ文章、あるいは小説を書いていればいい。だが、四相を以て我等が一身の塔を荘厳することに勇気と歓《よろこ》びを得れば、そして、我々一人ひとりの生命が、途方もない巨大な宝塔であることを認識すれば、石ころも枯れた花も犬の毛一本をも縁にして、文学は無限のドラマを創造し、人間の幸福のために動きだすだろう。そのために、ぬけぬけとリアリティの吊《つ》り橋を渡り、堅牢なロマンを組み立てる小説家が必要なのである。柳田國男《やなぎたくにお》は『山の人生』の第一章で、原稿用紙わずか五、六枚で、それをやった。私たちは、あの、「山にも埋もれたる人生ある事」という恐しい文章の前では、ただ黙念と頬杖《ほおづえ》をつくしかない。あれを記録と読むか小説と読むかは、各自の勝手だが、私はいつも小説として読んできた。そしていつも、なぜか、日蓮の御義口伝の一節に吸い寄せられた。すると、きまって、ああ、〈レ・ミゼラブル〉を書きたいものだと思ってしまうのである。

黒井千次氏は、『眠れる霧に』で、ある場所へ一歩踏みだしたような気がする。ひとつの人間苦が、それぞれの生命をやがて荘厳する因であり、思いも寄らない物や時間が縁となって、再生の因を孕《はら》む果へと開く、乱暴なほどの偶然性を並べたて、『眠れる霧に』のような物語を構築したのだから、それはそれと体をかわして、それっきり跡始末をつけないというわけにはいくまい。

1987.5

シンプルであることの猥雑《わいざつ》――山田詠美《えいみ》『トラッシュ』

この『トラッシュ』という小説を読んでいると、どういうわけか、ロシアの作家、チェーホフの短篇を思い浮かべてしまう。

チェーホフの作風と山田詠美の作風に共通した何かを感じるというわけではない。にもかかわらず、いつかどこかで合流してしまいそうな、地底の水脈のようなものを感じるのである。

山田詠美さんは、現代日本を代表する女性作家であり、チェーホフは、十九世紀後半のロシアを代表する劇作家であり小説家で、共通する時代背景もなく、生きている環境も異なっている。

けれども、小説全体に漂う、ある種の憂愁に似たものだけではなく、恋愛のなかの人間、もしくは、生活のなかの恋愛、あるいは、人間の知性や感情や欲望の迷路と、それらが汚れて溜《た》まっていく部分の哀《かな》しさといったところに、成分を異にする水脈の、やがて合流するさまが見て取れるのである。

チェーホフは、死の五ヵ月前、かつての恋人であるリージャ・アヴィーロヴァに、次のような手紙を送った。

——ごきげんよう。なによりも、快活でいらっしゃるように。人生をあまりむずかしく考えてはいけません。おそらくほんとうはもっとずっと簡単なものなのでしょうから。——


おそらく、四十四歳で肺結核によって死んだ、この勤勉で穏かな作家の内部は、恋人への別れの手紙のなかで、じつは自分こそ、そのように生きたかったし、生きるべきであったと悔むほどに、絶えず何かに縛られ、葛藤《かっとう》し、煩悶《はんもん》しつづけたのであろう。

そして、山田詠美の『トラッシュ』に登場する人物たちも、快活であろうとするために傷つき、簡単であろうとするために、物事をややこしくさせて傷つけ合っている。愛情の言葉が、見えない吹き矢となって相手を射てしまうことで、逆に自分の心から血を流しつづけるのである。

チェーホフは、『恋について』という短篇小説のなかで、主人公の一人にこう語らせている。

──そしてそのとき、やけつくような胸の痛みとともに、わたしは自分たちの恋を妨げていたものがすべてじつに無意味な、とるに足らないものだったこと、こけおどしにすぎないものだったことをさとったのです。恋をする以上は、その恋について考える場合に、ありきたりの意味での幸福とか不幸とか、罪とか美徳とか、そういったものよりはもっと高い、もっと重要なことから出発すべきだ。それがいやなら、むしろぜんぜんなにも考えないほうがいい。わたしがさとったのはそのことだったのです。

──

山田詠美という作家は、無論、道徳論者ではない。むしろ、巷間《こうかん》、その正反対に位置する作家だと思われているふしもある。

しかし、引用したチェーホフの『恋について』の文章における〈恋〉という言葉を、〈人生〉と置き換えるとき、山田詠美の初期からの作品群に一貫して流れている基盤が、わずかながらも顔をのぞかせてくるような気がする。

生きることに真摯《しんし》であり、恋をすることに純粋であり、他者との関係において苦労人である作家の素顔は、すでに『ベッドタイムアイズ』や『ジェシーの背骨』に顕著であるが、世評が作りあげた仮の意匠は、それとはまったく次元の違う仮面を、山田詠美にかぶせてしまった。

仮面はいつか顔になるという言葉があるが、この『トラッシュ』において、いかなる仮面も、山田詠美の素顔を変えることができなかったことを証明してみせたのだった。


繊細さ、家族愛、他者への同情、肉欲、孤独、含羞《がんしゅう》、誇り……。それらが混然一体となった人物たちを描くとき、山田詠美は、それらの混沌《こんとん》のなかで、可能なかぎりシンプルな視線を維持しなければならない。だが、単純になるわけにはいかない。

全身の至るところに取りつけられた夥《おびただ》しいカメラのレンズがシャッターを切りつづけている。それらは、すべて人間の猥雑さのフラグメントなのだが、単純な思考では、フラグメントのまま放置されていく。

だからこそ、山田詠美という作家は、より純粋に、より猥雑に、より狡猾《こうかつ》に、フラグメントの集積をつなぎ合わせて、『トラッシュ』という長い小説に結晶させた。

その結晶を創りあげる目がシンプルなのである。そして、それこそが、この作家の得がたい資質であり、才能であり、努力であり、底力なのだと思う。

〈相手のことを心配する心〉は、『トラッシュ』という小説のひとつの鍵《かぎ》でもあろうが、誰ひとりとして悪意の人物が登場しないこの小説にあって、なお、悪意は横溢《おういつ》している。相手を思い合うために生じる善意による無形の悪意というものを、これほどまでにシンプルに訴えかける小説は稀《まれ》であろう。

ひょっとしたら、私が、山田詠美の小説とチェーホフの小説を、異なっていながらも、いつか合流するかもしれない水脈として考えてしまうのは、その一点においてなのかもしれないのである。

ありきたりの意味での幸福とか不幸とか、罪とか美徳とか、そういったものよりはもっと高い、もっと重要なこと……。

チェーホフが小説のなかで提起した、この最も人間的な問題を解く糸口は、『トラッシュ』のなかに、無数にちりばめられているのだが、読者が、どの糸口からそれをたぐり寄せればいいのかは、作者である山田詠美にもわからない。それこそが、『トラッシュ』という小説のすぐれている所以《ゆえん》とも言える。名作とは、いつの世でも、シンプルで、寡黙《かもく》で、猥雑さに満ちている。

1994.2

船がつくる波——宮本輝編『わかれの船』

いったいどれほどの別離というものを、私たちは味わってきたことであろう。たかだか十年、たかだか二十年、たかだか三十年、あるいは四十年、五十年、六十年……。長生きをしたところで、やっぱりたかだか七十年、八十年……。

心を静かにさせて、これまでの自分の身に起こった別れというものを思い浮かべてみるがいい。「別離」のなかった人間など、ひとりとしていないのだ。

釈迦《しやか》にちなむ故事のなかに、次のような話がある。

ひとりの貧しい女が、自分のたったひとりの子供を亡《な》くした。まだ生まれてまもない赤ん坊だった。この子を育てるために、女はおよそ考えられるありとあらゆる苦労を重ねたし、これからもそれに耐えられる覚悟が崩れはしないほどに大切な愛《いと》しい子だった。

女は死んだ赤ん坊を抱きしめて、村から町へ、町から村へとさまよい歩き、誰か私の子を生き返らせてくれはしないか、そのような力を持った者を教えてはくれないかと尋ねて廻る。

誰も、女に首を振るばかりか、死んだ赤ん坊を離そうとはしない身分の卑《いや》しい女の相手すらしてくれない。

やがて女は、一縷《いちる》の望みを抱いて釈迦のもとに辿《たど》り着き、この子を生き返らせてくれるなら、自分はどんなことでもする、どうかこの子を生き返らせて下さらないかと懇願する。

女も、死んだ者が生き返らないことは充分にわかっていても、哀しみが、そのような理性すら失わさせていたのだ。

釈迦は、よしわかった、その子を生き返らせてあげようと、深い慈《いつく》しみをたたえて言う。ただし、条件がある。この町の家々を訪ねて、香辛料を貰《もら》ってくることだ。しかし、香辛料を貰うのは、ひとりも身近な者が死んだことのない家だけに限られる。夫や妻や恋人や、親や子や兄弟などが、たったひとりでも死んだことのある家の香辛料は役に立たない、と。

女は釈迦の言葉を耳にするなり、赤ん坊の死体を抱いたまま、町へと急ぐ。釈迦が指定した香辛料は、どんな家にもある、ごくありふれたものだったからだ。

女は、朝から晩まで、家という家を訪ね歩くが、一粒の香辛料も手にすることができない。愛する者と、あるいは身近な者との死別を経験しなかった人間など、ただのひとりもいなかったからだった。

やがて日が暮れてきたころ、女は知る。愛する者との別離に悶《もだ》え苦しむのは、自分ひとりではない。生きとしいける者すべては、さまざまな別れから解き放たれることはないのだ、と。

女は自分の赤ん坊を埋葬し、釈迦のもとに帰り、釈迦に帰依《きえ》した。

有名な故事であるが、この故事の意味するところは、極めて深遠である。

何人《なんぴと》も避けることのできない、死による別れさえも、人間は実際に直面すると、理性など何の役にも立たないほどの哀しみや苦しみにひたる。死はあきらめられるが、あきらめられない別れというものは、死の何十倍もの数で、いつも我々の近くにある。

あきらめられるし、あきらめるしかないのだが、それでもなお、いつまでも体中が疼《うず》きつづける別れもある。

文学が、結局は、死と恋に集約されざるを得ないのは、その哀しみと、そこから得るものが、数学の試験の採点のように、一プラス一イコール二とはならないからであり、いかなる言葉を尽くしても、自分の心を表現することができないからであり、「別れ」が、なぜか個々の人間のグラスを、ほんの少し大きくしてくれるからである。どんな言葉を尽くしても表現できないからこそ、人間は「文学」などというものを発明したのだというのが、私の持論だが、このアンソロジーにおさめられた作品は、なんとまあ、さまざまな「別れ」のなかに、それぞれの作家の独自な視線や感性や人間観が照射されていることであろう。

これらの作品を一作一作味わっていくと、みずから選択したかに見える「別れ」も、生木《なまき》を裂かれるような「別れ」も、憎しみの果ての「別れ」も、計算された小意気な「別れ」も、流されるままに別れるしかなかった「別れ」も、人間という謎《なぞ》めいた船が暗い水面に残す波に似ていることに気づく。

船が通って行ったあとの、あの静かに二つに別れて離れていく波である。船と波とは別々のもののように見えるが、波は船から生じたのだ。謎めいた、人間というものから生じたということになる。

そこでこの多くの名篇を収録した一冊に「わかれの船」というタイトルをつけさせていただいた。

井伏鱒二《ますじ》氏の名訳で知られる于武陵《うぶりょう》の詩「勧酒《かんしゅ》」を思い出す。

勧君金屈卮　コノサカヅキヲ受ケテクレ
満酌不須辞　ドウゾナミナミツガシテオクレ
花發多風雨　ハナニアラシノタトヘモアルゾ
人生足別離　「サヨナラ」ダケガ人生ダ

この世は「別れ」に満ちている。私は、中学生のころ、父に、「哀しい別れというものを味わったことのない人間とは、おつきあいしたくない」と言われたことがある。

中学生の私には、その言葉の意味がわからなかった。十八歳のとき、少しわかるようになり、二十歳では、自身がそのような別れを味わい、二十二歳のとき、父が死んだ。

三十歳では、もっとわかるようになり、四十歳でまたあらたにわかり、五十歳で……。

私が長生きをすれば、さらに深く見えてくるものがあるにちがいない。それは読者の方々も同じである。

井伏氏の訳による于武陵の「勸酒」をもじれば、「コノ『ワカレノ船』ヲ受ケテクレ」ということになる。

読者が、それぞれの別れの思い出の波に、このそれぞれの名篇を流して、それぞれの人生に慈味を添えて下さるならば幸甚《こうじん》である。

1998.10

こころの形――望月通陽

すべてのものには形があると私は思っているが、形にできないもの、あるいは形のわからないものも無数に存在することも、同時に認識しているつもりである。

望月通陽さんが、線と色と染色によって空中からつかみだしてくるものは、形にできないものや、形のわからないものだらけのような気がする。望月さんは、それらを、氏のこころの力によって、わかりやすい、具体的な形に創造して、私たちの前に置いてくれている。

それらは、さまざまな人間であったり、動物であったり、建物であったり、植物であったり、変幻自在であるのだが、飄逸《ひょういつ》を装《よそお》った形の奥に、すべてのものには心があるのだという、澄みきった視力の恐ろしさを隠しているのである。

望月さんの作品に接していると、いつのまにか、そのときそのときの、自分の心の形を見ているような胸騒ぎに襲われて、私は、しんとして、静かな心に戻っていく。

望月さんは、そのような形を平明に具現化する魔法使いではないだろうか。

1993.4

映画を演じる　その危険な芸――マルセ太郎

みずからを大道芸人と称するマルセ太郎なる奇妙な人物の存在を知ったのは、ある編集者を通じてであった。東京のライブハウスになにげなく足を向けたその編集者は、舞台に登場した異相とも言える芸人が、突然、映画「泥の河」をひとりで演じ始めたので、吃驚《びっくり》した。しかもマルセ太郎が、主要な登場人物すべてに成りきり、冒頭からラストシーンまで、延々二時間にわたって演じとおしたことに呆然《ぼうぜん》となったのである。

「退屈しませんでしたか」

という私の問いに、編集者は、

「それが、じつに面白くて、退屈させないんですよ」

と答えた。「泥の河」が、私の原作による映画でなくとも、私はやはり興味をいだいたに違いない。なぜなら、自分の観《み》ていない映画の話を聞かされるのは、退屈どころか迷惑なものであり、しかもスクリーンに映る色や、音楽や細部の情景に自由な心の散歩をさせないまま、ただ話芸のみによって、すでに存在する映画を一シーンではなくすべて演じてしまわれることへの不自然さを感じたのであった。

その不自然さは、違和感という言葉に置き替えることもできるが、演じる側と観る側とに、ほとんど間髪を入れず同時発生する二つの電極と考えねばならない。もしその映画を、こちらが実際に映画館で観ていた場合、異なった電極の反発は、いっそう大きくなるかもしれない。それを、面白く、かつ退屈させないマルセ太郎の芸とは、いかなるものであろうか、と。

私自身の興味もあって、私はそれからしばらくして、ある雑誌でマルセ太郎と対談し、その前に、彼の演じる「泥の河」を観ている。彼はいみじくも言った。

「この世の中に退屈なものが三つある。古い写真のアルバムを突きつけられて、こっちとは関係のない写真を楽しそうに説明されること。つぎは、他人の旅行話を聞かされること。そして、こっちが観てもいない映画のあの場面この場面を、面白そうに話されること。私は映画が好きでたまらない人間なので、よし、それなら、この退屈なものに挑戦してみようって思ったんです」

さらに彼はこうつづけた。

「いまの映画で欠けているのは、アクションで表現することだ。全部、言葉で説明してしまう。映画というのは、百のセリフより、ひとつのアクションの凄《すご》さにあるんです」

マルセル・マルソーのパントマイムのとりこになり、芸名もマルセ太郎とした彼の、おそらく自分を活《い》かす道へのひらめきだったのだろう。〈スクリーンのない映画〉と銘打って、彼は今後も自分の好きな映画だけを演じたいとも言った。あのフランスの名画「天井桟敷《さじき》の人々」の前編〈犯罪大通り〉と、後編〈白い男〉の合わせて四時間近い映画を、たったひとりで舞台で演じ、観客を釘《くぎ》づけにできたら、どんなにしあわせかと思う。彼はそう言って小柄な体に力を込めた。

対談のあと、私の中には、幾多の心配と、ひとつの楽しみが生じた。もし彼の芸が民衆に受け入れられていった場合、彼はついうっかりと、嫌いな映画を演じてしまわないだろうか。独善的な批評家と化して、彼のアクションが汚れていきはしないだろうか。映画の映像権との問題は……などである。そして楽しみは、彼の見せ場によって、いいものとそうでないものとの区別がつかなくなっている人々に表現とは何かを、映像とは何かを、名画とは何かを、やわらかく伝えていくことへの期待である。

けれども、いずれにせよ、マルセ太郎の独自な舞台世界が、危険な芸で成りたっていることは否定できない。それは役者の芝居ではないという点にある。脚本があり、演出家がいて、何者かを演じるのではなく、作品の善し悪《あ》しにかかわらず、無数の創造者によって構築された、すでにこの世にあるものをネタにするのだ。だからこそ彼は〈自分の好きな映画だけを演じる〉という足場をまず組み立てたのに違いない。ところが、いかにその映画を愛していようとも、彼の言う〈ひとつのアクション〉は、彼のその瞬間の生命状態によって、つねに変化しつづけるのであって、微妙な差異はいつなんどき、一本の映画に心血を注いだ創造者を踏みつけるか判《わか》らないのである。いまのところ、異端な一匹狼《おおかみ》であり、かつて誰も試みたことのない領域の芸人であるが、冒険心を失い、精神的幼児としか商売をしなくなり、おとなを決して満足させない日本映画界に、強い地震をもたらすことも、おおいにありうる。しかし、異端者として消えていくこともありうる。マルセ太郎の芸は、結局、二つにひとつという道の前に、つねに立っている。私は、前者であってもらいたいがゆえに、あえて〈危険な芸〉と言う。

1986.6

Ⅳ　自作を語る

『螢川《ほたるがわ》』について

建物と、それを構築するための足場というものは、いつも妙な関係である。建物が完成してしまえば、足場は必要なくなり、かえって無用な邪魔物と化すのだが、建物を造るためには、断じて足場を組まねばならない。

これを小説に置き代えてみるとき、私の中では、はっきりと〈短篇小説論〉と〈長篇小説論〉とが展開される。

文章によって創《つく》りあげられた世界や物語を建物だと考えるならば、いかなる些《さ》細《さい》なディテールやプロットも、すべて足場なのだと私は思っている。

実際の建築物と足場との関係が、小説という構築物とディテールとの関係において異質な点は、小説の場合、完成してしまったあとも、足場は永遠に残りつづけるということである。

さて、建物と足場という譬《ひ》喩《ゆ》に即して言えば、ディテールやプロットだけが存在するか、もしくは堅牢《けんろう》に強調されて、その内側に、どのような建物が建っているのかは、読者それぞれの心の領域の、豊かさとか感性とかにゆだねられるのが〈短篇小説〉だと思う。もちろん、この〈短篇小説〉には、詩や短歌や俳句も含まれている。

逆に、読み終えたのち、夥《おびただ》しいディテールやプロットの集積は声をひそめ、心の視力から遠ざかって、おぼろになり、そこに屹立《きつりつ》する揺るぎない建物だけが、厳として立ちあらわれているのを〈長篇小説〉だと考える。けれども、その建物は、ディテールやプロットなしには構築され得なかったのである。

しかし、これは、私の短篇小説論であり、長篇小説論であって、他の作家には異論のあるところかもしれない。ともあれ、どっちにしても、ディテールやプロットというものが、いかに重要であるかは論を俟《ま》たない。すぐれた文学は、すべて緊密なディテールとプロットが、あちこちで、あるいはたった一箇所で、ぎらぎらと光っている。しかもそれらは、足場であって、決して建物そのものではないのである。

『螢川』は、四百字詰め原稿用紙で百二十枚ぐらいだと記憶している。だから、短篇小説に属する作品であろう。私が『螢川』の第一稿を書いたのは二十七歳のときで、そのときは、短篇とか長篇とかの区別もなく、それどころか、いったい小説とはどうやって書けばいいのかも判《わか》らなかった。私は、やみくもに、ただ〈螢の乱舞〉を書きたかった。そして、当時の私は、その螢の乱舞もまたディテールであることに気づいていなかったのである。

『螢川』を読んだ多くの人が、あのような螢を実際に見たのかと私に質問する。私は、そのたびに、なんだか悪辣《あくらつ》な詐欺《さぎ》でもはたらいたような気がして、つい、「すみません」と謝り、あれが想像の産物であることを白状してしまう。作家の井上靖氏は、優しく笑いながら私に言った。

「宮本さんの心の中では、確かに、あの螢が乱れ飛んでいたのでしょうね」

もし私の中に、突然、〈螢の乱舞〉が生じたとしても、それを生じさせる因となり縁となった何物かがある筈《はず》で、虚空《こくう》でふいに何の前ぶれもなく爆発する道理はない。創造とは、いつも、そういうからくりを秘めている。にもかかわらず、私は、私の内的な因と外的な縁を、理論だてて説明することなど出来はしないのである。

『螢川』は、しばしば、国語の模擬試験や大学入試の問題に使われることがあり、作者の私のもとには、その問題のプリントが送られてくる。〈この螢によって、作者は何を表現しようとしたのか、二百字以内でまとめなさい〉という設問を目にした際、私は呆然《ぼうぜん》となった。そんなことは、当の作者である私にも出来ない芸当である。そして、その二百字以内でまとめられた個々の解釈を、誰が採点して、これは正しいとか、これは正しくないとかを決めるのであろう。

『螢川』を俎上《そじょう》に載せたあまたの評論家の誰ひとりとして、私の心で乱れ飛ぶ螢の謎《なぞ》に、多少なりとも触れ得た人はいないのである。それは、小説という建築物の足場について熟知していないからなのだ。

私は〈螢の乱舞〉を、小説の目的と錯覚し、その一点に向けて多くの道具立てを施していった。そうやって悪戦苦闘し、第一稿を破り捨て、第二稿を書き、それも投げ捨て、ついにあきらめ、また思い直して再び原稿用紙にむかった。私の書きたかった本当の〈螢の乱舞〉が、じつは足場に囲まれた空間にあることに気づいたのは、七、八回、書き直したころだった。目的と手段との混同を、実作業の中で自ら気づいたことによって、私は、表現というもの、言葉というもの、風景というもの、創造に関するありとあらゆる道具というものの意味を知った。

当時の私は、重い病気にかかっていた。そのために会社勤めを辞めなければならなかったが、妻のお腹《なか》の中には子供がいた。そんな私の中には、刻々と変化する無数の心があり、その心は、どれもこれも真実だった。だから私は、無数の螢の、美しい乱舞に酔いしれたかったのである。

1988.2

三つの〈初めにありき〉

『錦繍《きんしゅう》』という小説に関しては、〈初めに題ありき〉であり、〈初めに方法ありき〉であり、〈初めに大望ありき〉ということになる。

この小説は、私が三十四歳のときに「新潮」に一挙掲載という形で発表したのだが、三つの〈初めにありき〉が揃《そろ》っていながら、筆は遅々として進まず、本当に最後まで書きとおすことができるのだろうかと、夜中に不安にかられて、何度も朝まで悶々《もんもん》としていた記憶がある。

うんと若いころ、私は、ドストエフスキーの『貧しき人々』とラクロの『危険な関係』を読んでいて、いつの日か自分も、手紙のやりとりだけで成立する、いわゆる書簡体小説を書いてみたいと思っていた。だから、〈方法〉については、最初から肚《はら》がすわっていたし、「錦繍」という題も、あるとき、自分のなかに不動のものとして構築されてもいた。

芥川賞を受賞した翌年、私は肺結核で入院したのだが、体の極度の不調をおして、その三ヵ月ほど前に友人と蔵王《ざおう》を旅行している。

列車に乗る数分前、私は上野駅の便所で、最初の喀血《かっけつ》をした。そのとき、私は自分の肺が結核菌にやられていることを知った。それなのに、友人にはそのことを内緒にして列車に乗った。

だから、旅行中、私はまたいつ血を吐くだろうかと、そのことばかり考えていた。そんな生理状態のなかで、私は、蔵王のすさまじい紅葉と満天の星を見たのだった。その二つは、私に〈生死〉以外のものは考えさせなかった。〈生死〉以上に大切なものなど、この世に何ひとつないという思いは、私の、ひいては生き物すべての生命をつかさどる〈不思議なるもの〉を燦然《さんぜん》と輝かせてきた。

私のなかに生じた思いは、ひとことで言えば、「死んでも生きているのだ」ということだった。その言葉は、ふいに私のなかで、とてつもない歓《よろこ》びとなって膨れあがった。私たちは、ときに死という形をとったり、ときに生という形をとったりはする。けれども、私たちの根幹を為《な》す生命に消滅というものはない……。私は、なぜかそんな思いにとらわれ、降って湧《わ》いたみたいに「錦繡」という題が生まれた。ここのところは、もう理屈では説明のつかないところであった。

「錦繍」という題で、書簡体の小説を書こう……。しかも、その小説は、死も生も、ただ有るべき形の変化だけにしかすぎないということがテーマだ……。

私は、原稿用紙に、書き出しの数行を書いた。なんだか筆が勝手に動くように書けた。だが、そこから先は、もうテコでも動かなかった。

出だしの数行を書いてから約一年近く、筆は停まったままだった。どうにもこうにも、そこから先は一行も書けなかった。私は、とうとうひらきなおって、「こうなったら、いっそ、大失敗作を書いてやる」と居坐《いすわ》ってしまったのだった。

「たかが小説じゃねェか」。私は、小説を書くという作業に行き詰まると、いつもそんなふうにひらきなおる癖がある。だが、『錦繍』に関しては、そのようにひらきなおらなければ、どうにも書けなかったというところがある。

『錦繍』が「新潮」に載ったとき、ある高齢の知り合いから電話をいただき、「おれは長生きをしてよかったよ。おかげで、こんな小説が読めたからね」と言ってもらった。あんなに嬉《うれ》しい言葉はなかった。

1991.1

『錦繡』の一読者への返信

お手紙、ありがとうございました。私の小説を御愛読下さっている由《よし》、ありがたく感謝申し上げます。

『錦繡』は、昭和五十三年の秋に想を起こし、昭和五十六年の初冬に書き終えることが出来ました。全篇手紙のやりとりだけで構成された作品を書くことは中学生のときにドストエフスキーの『貧しき人々』を読んで以来の夢でしたが、実際に書き始めてみると、私の乏しい能力にはとても手に負えぬ代物《しろもの》で、原稿用紙でわずか三百三十枚の作品を完成させるのに三年以上もかかってしまったことになります。

その間、病気のために一年余り療養生活をおくりましたが、かりにそういう事態がなかったとしても、『錦繡』を創りあげるのに、私にはそれだけの年月が必要であったと思います。けれども、このお返事をしたためながら、いや、あるいは自分は病に臥《ふ》したればこそ、たった三年間で『錦繡』を書けたのかもしれないとも考えております。しかし〈生と死〉の問題が、私の小説の基調になっているのは、なにも私が結核病棟での生活を強いられたからだけではありません。

それよりずっと以前、小説家を志す以前から〈生と死〉は常に私の中にありました。この人間界では、多くの観念が発見されては消えていき、多くのイデオロギーが構築されてはついえ去っていきました。現在世界を二分するふたつのイデオロギーですら〈生と死〉の命題に対して、何と無力なことでありましょう。

私は二十二歳のときに、父を精神病院で喪《うしな》いました。父は何も悪いことをしなかった。それどころか、人の世話を焼き、あげくそれらの人たちには裏切られて事業に敗れた。そんな父の最期《さいご》が、なぜこんなにも悲惨でなくてはならぬのか。その思いがいつしか私の心を、生きるとは何か、死とは何か、という問題に向けさせていったのだと思われます。そんな下地に立って物を書くようになってから、こんどは私自身が結核病棟での生活を体験するはめになりました。

ちょうど入院した日に、生まれつき重度の小児マヒで四十数年間を寝たきりで生きてきた人が結核で亡《な》くなられました。私はその方が息をひきとる二時間ほど前、自分の病室だと錯覚してその人の部屋に入ってしまいました。私とその人とは、しばらく無言で見つめ合っていました。私は生涯、その人の目を忘れることはないでしょう。

私はしあわせになりたいと強く思いました。生きたいと思いました。だがどれだけ幸福に生きたとしても、行手には必ず〈死〉が待ち受けています。しからば〈死〉とはいったい何であるのか。それこそまず先に人間が学んでおかなければならない思想ではないでしょうか。〈生と死〉の問題こそ究極であることを、私は思い知ったのです。究極に到れば、他事は自《おの》ずと解決されていくことでしょう。

紙数が尽きました。御質問の、生き物の描き方が残酷過ぎるという御指摘に簡略なお答えを付して擱筆《かくひつ》させていただきます。私はその小説にとって必要とあらば、子供に人殺しでも何でもさせてしまいます。

1982.12

『流転《るてん》の海』第二部について

昨年の初夏、新宿の紀伊國屋《きのくにや》書店でサイン会をもった。新聞の連載小説が単行本化されて、そのためのサイン会だった。何人かのかたが、『流転の海　第一部』をわざわざ持参されていた。いつ第二部は始まるのか、とか、完結まで頑張ってくれ、とか、声をかけられて恐縮した。

その中に、八十二歳だと仰言《おつしや》る男性がいて、こんな会話を交わしたのである。

「第一部のあとがきで、完成まで十年はかかるとお書きになってましたが、なんとか三年ぐらいで完結していただきたいですなァ」

「はあ……。十年て書きましたけど、もうちょっとかかりそうな気配なんです」

「……そうですか。じゃあ、私はこの小説の最後を読まずに死ぬことになりますね。とにかく、もう八十二歳ですから」

「そちらも頑張って、九十五歳くらいまで生きて下さい」

そのかたは笑って首を何度も左右に振り、

「そりゃあ、どだい無理な話です。もうあちこち、がたがきておりまして」

「でも、とてもお元気そうですよ」

「いやいや、九十五歳まで生きろなんて、しどい励ましです。でも、読めるところまで読ませていただきます」

　そのごま塩頭の、血色のいい男性の顔が、いまでも忘れられないでいる。

　さて、第二部についてだが、おそらくその大半は、昭和二十五、六年の、愛媛県南宇和郡一本松村が舞台になるであろう。朝鮮戦争、日本の経済復興などの、時代の流れから外れた農村に身を置いた松坂熊吾が、そこでいかに生への触覚を動かし、どのような視線を己と社会へ向けつづけたかは、私にはまったく判《わか》らないのである。

　伊予《いよ》の一本松村で、私が記憶していることといえば、闘牛だけで、私は猛《たけ》り狂った牛が怖くて、父に肩車されたまま泣いてばかりいた。石垣、れんげ畑、写真館、新築の家の屋根から撒《ま》かれる祝い餅《もち》……。それらは描きかけの淡彩なスケッチとして、まばらに私の中に描かれているだけなのだ。

　しかし、第一部の脱稿から今日まで、第二部の開始を躊躇《ちゅうちょ》していたのは、単に記憶の問題ではなく、時代の変遷《へんせん》に対するコンセプトを、戦後生まれの私がつかみかねていたことによる。知識ではなく、アトモスフィアにおいて、昭和二十五、六年の農村は、じつに雲をつかむように、だだっ広く、空白なのである。

次には、本当はこれが最も大きな問題点かもしれないが、関わりを深める登場人物の多くは、まだこの世に存在する人々であり、しかも、主人公はその人々の悪意の餌《え》食《じき》に、みずからを投じて行き、恨みを抱かなかった。もし、主人公が彼等を生涯許さなかったとしたら、私は躊躇せず、これは誰、あれは誰と、実名に近い名をつけて登場させることが出来る。厄介なことに、恨まず許したのは、松坂熊吾だけであって、その妻も子も、自分たちが受けた裏切りを、いまなお時効にしていない。

たとえば、人情というものが言葉で説明出来る思想であるならば、私はもっと気楽に、『流転の海』を完結させてしまえる。けれども、人情に哲学の衣服をうっかり着せてしまったので、私はその衣服を脱がすだけでは済まなくなった。身をはぎ、これが骨、これが内臓と提示して、つまらぬ説明のためのお話を作らねばならなくなったのである。これは、私の傲慢《ごうまん》でもなく、勇み足でもない。不用意だったのである。私のすべての作品の至らぬ点は、みなここに帰着する。そのことを、『流転の海　第二部』開始に対する躊躇が教えてくれたのだった。

ともあれ、創造という歓びに、いま一度立ち還《かえ》らなければならないだろう。そうでなければ、『流転の海』の完結はおぼつかない。私は、自分の作品が初めて商業誌に掲載されたときの歓びを忘れていたようだ。それどころか、同人誌で活字になった自分の小説を、何十回も読み返した日々のことを思い出そうともしなかった。あのころ、小説を書くことが楽しくてたまらなかった。当時の日記に、こんな一日がある。

（Nさんと中古車センターに行く。中古車がこんなに高いとは思わなかった。あまり暑いので、自分だけ先に帰る。夕方、京橋のロンで同人誌の合評会。Tさんが短篇を持参。乳ガンの手術をして四ヵ月もたっていないのに、小説など書いてはいけないと池上さんが心配そうに忠告する。病気の前に書いた作品に手を入れたのだとのこと。必ず治ってみせますと言って、逆にぼくの体を心配してくれる。Tさんは作品をぼくに読んでもらいたいふうだったが、心ここにあらず。自分の作品のことで、それどころではなかった。合評会では賞《ほ》めたくせに、終わって梅田の喫茶店に入ると、Kさんがけなし始めた。いまにみてやがれ。活字になると、文章が変わることに驚く。でも、うれしくてたまらない。まず中嶋くんの家に寄って一冊進呈する。とてもよろこんでくれた。妻と母に一冊ずつ手渡す。母、お仏壇にそなえ、長いこと祈っている。十一時から四時近くまで、「文學界」に応募する小説を書く。三枚半しか書けなかった）

毎日つけていた日記ではない。よほどいいことがあった日か、その逆のときに、ノートになぐり書きしていたのである。当時、私は強度の不安神経症にかかっていて、とてもひとりで外出できる状態ではなかった。だが、この日はひとりで電車に乗り、一時間半もかかって京橋まで出向いている。自分の作品が同人誌に載ったことが、いかに嬉しく、しかもその歓びが、強い神経発作を抑えたことを伝えている。この日から十二年がたち、私は来年四十歳になる。

『流転の海　第一部』に関しては、さまざまな評価があった。(団塊の世代の戦後史)というのが、おおかたのフレーズである。私にとって、戦後史などどうでもいい。戦後を生きた幾多の人間を書くとき、そこに戦後史があってあたりまえなのだから。なかには、十年もかかって完結する予定の小説の、それも第一部を書評するわけにはいかないと書いた新聞もある。最近、再び、いまにみてやがれと思うようになり、生きていれば九十歳になる父の、最も意気軒昂《けんこう》なころの風貌《ふうぼう》が浮かぶようになった。

「お父ちゃん、いつか俺が仇《かたき》をとったるで」

と十八歳のとき確かに私は父に言ったのだった。父は笑っていたが、私は約束を果たさねばならぬ。『流転の海　第二部』では、仇をとりたい連中が、ぞろぞろ出てくるのである。

1986.10

火花と炎

「塵《ちり》も積もれば山となる、という言葉があるが、私は、いまだかつて、塵が積もってできたという山を見たことがない」――。

これは、ある人の言葉だが、実際、そのとおりだと思う。

しかし、現象的には目にしたことではなくても、それをやってみせるというのが、錬金術師たちの手口であって、火花をカチリと発して、炎の妄想を与える方法も、確かに存在する。

その最たるものが、いわゆる（芸術）の役割である場合も多いような気がする。

けれども、小説というものは、言語によって創《つく》られるので、当たり前のことながら、その火花を、視覚や臭覚や聴覚や味覚に直接的に吹きつけるわけにはいかない。心だけが、言語を吟味する消化器なのだというのは、なにもパラドックスではないのである。それを知るためには、徒然草《つれづれぐさ》の、ほんの二、三段を心を深くして読めばいい。

私は『朝の歓《よろこ》び』という小説で、火花を何万粒も集めて、炎にしようと試みたのではない。横に、縦に、斜めに、一列に並べて、直線であろうが曲線であろうが、火花のかけらをつないで、一組の男と女の、短い季節のうつろいのなかの出来事を書き、その奥に、人間の、それぞれの愚かさや知恵や、刻々と変わる心のたよりなさに寄り添い、おぼろであっても、つねに光に照らされた生をあぶりだせたらと思ったのだった。

こうしたフラグメントの連鎖で、どのような長い物語を構築できるだろうかと考えたのは、作家として、なんとか生活ができるようになったころだった。私の、作家的資質は、フラグメントの組み合わせ方にあり、それをパズルのように楽しみ、もしくは、パズルのように苦しむところにあるような気もしたのである。

それで、物語だとか、構成とか、方法とかを度外視して、やっと四十歳半ばにして、『朝の歓び』を書き始めた。

日本経済新聞の朝刊という舞台は、私のもくろみにとって、自由を与えてくれるはずだったが、新聞の連載は、かえって、火花の連鎖を分断する性質のものであるらしい。

私は、毎回、自由になろうとして、不自由な穴に落ち込み、そのたびに、完結してから補うべきところは補おうと自分に言い聞かせた。

だが、小説というものは、〈生物《なまもの》〉だと、あらためて思い知る結果となった。

小説は、書き直すことはできない。そのとき生まれたものは、そのとき生きて、うごめいているもので、あとからは、どうにもならない。

私は『朝の歓び』に手を入れながら、どうして、足すことも、引くことも、掛けることも割ることもできない、このような小説を書きあげてしまったのかと頭をかかえた。

そうやって、何度も読み返しているうちに、自分はじつは、そのような小説を書きたかったのではないだろうかと思った。

自分は、作家として、これまでいつも自由ではなかったのではないか……。もっともっと、破天荒になればいいのではないか……。

読者は、つねに〈他者〉であるにしても、私はその〈他者〉に対して、もう少し無礼であってもいいのではないか……。

それに気づいたときは、私は『朝の歓び』という小説に何かを補うことをやめ、引いたり割ったりする作業に没頭しはじめた。

ふと気づくと、そのような作業は、小説を書くうえでの初歩的な心がまえであったのだ。

優しさ、とは何であろう。あまりにも安易に使われるこの言葉と、人間の生甲斐《いきがい》とは、どこで接点を持つのであろう。

私は『朝の歓び』を書いているあいだ、しょっちゅう、その疑問の渦中《かちゅう》にあった。

1994.5

書斎、大好き

書斎なんて、私にとったら、家の中で一番いやな場所である。

毎日、牢獄《ろうごく》に入る気分で、書斎の扉をあけている。書斎のない家で、寝て暮らしたいと本気で思う。

作家になったころ、締切りに追われる苦しさを初めて体験し、

「一年ほど、ゆっくりしたいなァ」

と妻に言ったら、肺結核にかかって、なんと本当に一年間、療養生活をしなければならなくなった。

だから、書斎なんて大嫌いだなんて書いたら、またどんな罰があたるかわからないので、

「でも、書斎で小説が書けるなんて、しあわせだなァ」

と書いておく。この書斎でひたすら小説を書いたおかげで、四月から、私の個人全

集全十四巻が刊行されることになった。この書斎でのたうちまわった記録のようなものである。

1992.4

自作の周辺――宮本輝全集後記から

『泥の河』『螢川』『道頓堀川《どうとんぼりがわ》』

小説家になりたくて会社を辞めたのは、昭和五十年の八月でした。毎日、不安神経症の強い発作に苦しんでいた私は、二十八歳なのに、もう廃人のようになっていましたが、途方もない夢の実現に対してのみ火の玉みたいだったのです。

それよりも先、二十七歳のときに、タイのバンコクを舞台に小説を書いて、ある文学賞に応募し落選したあと、『螢川』の第一稿を私は会社勤めをしながら書きました。私は素晴らしい作品だとうぬぼれていましたが、がむしゃらに言葉を並べ、いろんな作家の気取った言い廻しを真似《まね》た、鼻持ちならない小説でした。そのことに気づかせてくれたのは『泥の河』という作品です。私は『泥の河』の第一稿を、会社を辞めて半年後に書き始めています。その間、何をしていたのかといえば、暗中模索しながら、何度も何度も『螢川』を書き直していました。しかし、どうしてもわからなかったのです、自分の小説のどこが悪いのかを。

その糸口を与えてくれたのは、ある人の「難しいことを難しく表現しているあいだは、まだまだ至っていないのである。本当にわかっていれば、どんな難しいことでも簡単に表現出来るはずだ」という言葉でした。そのかたは、小説について話をしたのではありません。ですが、私は自分の作品の最大の欠点を教えられた思いがしました。

けれども、簡単な言葉で表現することがいかに至難であるかを、私は『螢川』を書き直す作業によって思い知るはめになります。簡単に表現するという底深さの前で、私は一歩も進めなくなりました。私は『螢川』をいったん寝かせ、次の作品で出直そうと考え、『泥の河』を書き始めました。

ちょうどそのころ、私は「わが仲間」という同人誌を主宰する池上義一氏と出逢《であ》いました。そのかたは、私が持参した『泥の河』の書き出しの十行を、マジックインキで消したのです。それは、ぶあつい壁の前でうなだれていた私に、大きな啓示をもたらしてくれました。私は、その啓示を大切に心にしまい、断じて逃がさないようにして、『泥の河』を書き直しました。四回書き直したころ、私は『螢川』のどこをどう直せばいいのかもわかってきたのです。

会社を辞めて二年後、私は『泥の河』で太宰治賞を戴き、さらに何度か書き直した

『螢川』で芥川賞を受賞しましたが、この二作は、両者合わせると十三、四回、一から書き直していることになります。

『道頓堀川』も、最初「文芸展望」に掲載したものを、あとになって大幅に書き直しています。

自作について、作者が余計な解説を加えるのは読者に対して失礼だと考えていますので、ここにおさめられた川三部作の、それぞれの背景に触れる気はありません。ただ、川三部作によって、私は、人間との出逢いも、風景との出逢いも、決して偶然ではないという認識を血肉化しました。幼い私が歩いた大阪の場末の川のほとり、よるべなかった富山での短い生活、父を喪《うしな》った直後の、食べるために必死でありながら怠惰にさまよった歓楽の街……。さまざまな場所を巡り、忘れ難い人々と交わった三つの風景は、いまも幻影のように、近くで遠くで、点滅しています。そして、もし、池上義一という人物と出逢わなかったら、川三部作も、それ以後の作品も生まれてはいなかったでしょう。

父は生前、私がどんな職業に向いているのか、皆目見当がつかなかったようです。学校の成績は最低。体が弱くて病気ばかりしている。どこから見ても頼りない。まあ、仕方がない、悪いことをせずに、地道に生きて行ってくれたらそれでいいではないか。

最後は、そう自分に言い聞かせることで、あきらめたようでした。川三部作を書き終えたとき、私は父のことを思い、さまざまな場所を巡らせ、さまざまな人間を見せてくれた父に、深く頭《こうべ》を垂れました。〝父母となり其《そ》の子となるも必ず宿習なり〟という日蓮《にちれん》の言葉を、心の中で何度つぶやいたか知れません。

（一九八六年一月刊行の〈ちくま文庫〉版『川三部作　泥の河　螢川　道頓堀川』の「文庫版あとがき」を、一部改稿）

『錦繍』『避暑地の猫』

芥川賞を受けたのは一九七八年の春で、その翌年の一月に私は肺結核で入院した。丸一年、療養生活をおくったが、一九八〇年になっても、体力はまだ充分には回復していなかった。

二種類の薬の服用はつづいていて、書き出しの数行がすでに頭のなかで出来あがっている『錦繍』に手を下すことへの臆《おく》する気持があったのだと思う。

けれども、一九八一年に入ると、『錦繍』という小説を完成させることが、あるいは真に健康を回復するための良薬かもしれないと考え始め、肚《はら》を決めて五月の半ばあたりから書きだした。

ところが、あまりの気負いのせいか、『錦繍』を三分の一ほど書いたころ、持病の不安神経症が悪化し、白いものや、先の尖《とが》ったものを見ると体が震えるようになり、友人の精神科医に診てもらうはめになった。

作家が、白いものと先の尖ったものに恐怖を感じたりしたら仕事にならない。原稿用紙は白いし、万年筆の先は尖っているのだから。

精神科医の適切かつ懇切な処置で、症状はあらかたおさまり、私は秋の終わるころに『錦繍』を書き終えることができた。

中学生のとき、ドストエフスキーの『貧しき人々』を読んでいて、作家になってから再読し、手紙と手紙のやりとりだけで成立する小説を書きたいと思ったのである。

そんな思いとは別に、肺結核を患《わずら》っていたとき、それとは知らず友人と蔵王に登り、そこで満天の星に見惚《みと》れ、（おそらく、極度に衰弱していた体力のせいもあったのだろうが）生と死について考えつづけたことが、『錦繍』という小説につながったのだと思う。

『錦繍』を書き終えたとき、私は三十四歳だった。しかし、私が本当に健康を取り戻したのは、三十五歳になってからである。

そのころから、私は自分で大丈夫だろうかと心配になるくらい、やみくもにたくさんの長篇小説を書きだした。健康になったことが嬉《うれ》しくてたまらなかったし、病気療養中、元気になったらたくさん小説を書こうと心に期していたからだった。そうすることが、私を健康にしてくれた何か大いなるものへの報恩だという気持もあった。

『避暑地の猫』は、三十六歳の秋から書きだしている。軽井沢に住む友人の別荘を使わせてもらって、私は一九八〇年から、毎年、夏は軽井沢ですごすようになっていたが、最初の夏、可愛《かわい》がっている犬がいなくなったある若い夫婦が、軽井沢中に犬捜しのビラを貼《は》るという事件に実際に遭遇した。犬はチワワで、たしか懸賞金は五十万円だったと記憶している。

近くに仕事場を持っていらっしゃった水上勉さんのところに遊びに行き、そのことを話すと、「もう小説の原稿を書くことなんかやめて、いますぐ二人でその犬を捜しに行ったほうが、はるかに儲《もう》かるぞ」と笑った。

『避暑地の猫』は、いかにも軽井沢らしい庶民にとっては一風変わった出来事を、小説の小さな素材として築きあげていったのだが、文体とか構成とかを度外視して、なにか気味が悪いくらいに私のなかから噴出してくるものを、叩《たた》きつけるようにして書いたという記憶がある。それは、おそらく〈怒り〉であったろう。

読者のなかには、それまでの私の作品と比して、あまりにも趣が異なるので嫌いだというお手紙を下さるかたもいた。
けれども、私は『避暑地の猫』を、あるいは最も私らしい作品かもしれないと考えている。いま読み返してみても、その思いは変わらない。どこがどう私らしいのか、私には説明することはできない。
いずれにしても、『錦繡』と『避暑地の猫』は、それ以後の私に、〈書きつづける力〉の基礎を築いてくれた作品である。

『青が散る』

私は昭和四十一年から四十五年まで大学生活をおくりました。勉学とはいっさい無縁の四年間でした。テニス部に入部して朝から晩までラケットを振っていました。どうしたら試合に勝てるか、それだけが私の心を占めていました。それ以外、何物もありませんでした。灼熱《しゃくねつ》の日も、厳寒の日も、テニスコートでボールを追っていました。自分にかつてそんな時代があったということを思い起こすたびに、なぜか茫然《ぼうぜん》たる思いにひたってしまうときがあります。

私が大学生だったころは、七〇年安保、全共闘の時代であり、各大学ではゲバ棒がふるわれ、さまざまなセクトの学生たちが、機動隊と衝突を繰り返していました。そして、私たちはそうしたものとも無縁でした。いかに強いボールを打つか、いかにタイミングのいいボレーを放つか、いかに相手のミスを誘い出すか、いかにして、マッチポイントへの長い道のりを、孤独に耐えながら突き進んで行くか、それしか念頭になかったと言っても過言ではありません。

しかし、そんなにも懸命にテニスに打ち込みはしたものの、私は結局無名の選手で大学生活を終えました。ですが、私はテニスというスポーツによって、勝つことがいかに至難であるか、敗れることがいかに辛《つら》く苦しいことであるかを知りました。このことが現在の私のある一面をつくりあげていると言えるかも知れません。私の作品のひとつである『道頓堀川』が、私の青春の〝夜〟を描いたものだとすれば、この『青が散る』は〝昼〟の部分を描いたものだということもできそうです。

けれども『青が散る』は『道頓堀川』同様、自伝小説ではありません。二、三、モデルとなっている者もいますが、青春という舞台の上に思いつくままに私が創《つく》りあげた虚構の世界で、実際に起こった事件も何ひとつありません。私はただ単純に、自分の心に刻まれた陽光の中の青春というものを、何かの物語に託して残しておきたいと思いました。だがテニスだけに明け暮れた、単純と言えば言えるそんな四年間の中にも、やはり幾つかの風や波は襲って来ました。

ですが、そんな悲哀や不安や絶望や焦燥などは、なべて若さという不思議な力の中に吸い取られて、しかも決して消えることなく個々の心の奥にひっそりと沈澱《ちんでん》していった時代があった。作中の登場人物で言えば、燎平も夏子も祐子も金子慎一も、さらには貝谷朝海やガリバーや安斎克己も、木田公治郎や端山《はやま》たち一群も、それぞれがそれぞれの心の澱《よど》みをたずさえて、青春の海を泳いでいった。私は『青が散る』の中に、そうした青春の光芒《こうぼう》のあざやかさ、しかも、あるどうしようもない切なさと一脈の虚無とを常にたずさえている若さというものの光の糸を、そっと曳《ひ》かせてみたかったと言えるでしょう。

以上は、『青が散る』が一九八二年十月に単行本化された際に書いたあとがきである。

私は『青が散る』が出版されて書店の棚に並んだ日、ルーマニアのさいはての港町・スリナにいた。『ドナウの旅人』の取材のために、ドイツ・オーストリア・ハンガリー・ユーゴスラヴィア・ブルガリア・ルーマニアと、ドナウ河二千八百キロに沿った旅の最後の目的地に辿《たど》り着いた日だった。

『青が散る』の単行本が書店に置かれる日を、私は旅に出る前日に教えられていたので、もうあと十日ほどで初雪が降るというスリナの小さなホテルのベッドに坐《すわ》って、「ああ、きょう、『青が散る』が単行本になって本屋さんに並ぶんだなァ」と思った。

それから四日後、ブカレスト空港からフランクフルト空港に戻ったとき、出迎えに来てくれたドイツ在住の友人が、一日遅れでフランクフルトに届けられた日本の新聞を高々と頭上で振った。私は、友人がなぜ日本の新聞を片手で振りながら笑っているのかわからなかった。その新聞には『青が散る』の広告が掲載されていたのだった。

私は嬉しくて、ホテルの一室で何度も『青が散る』の新聞広告を見つめた。あまりにも感慨深くて、なんだか涙が出そうになった。なぜなら、私は『青が散る』を芥川賞受賞後半年目から書き始めたが、第二章を書き終えた段階で肺結核と診断されて入院し、療養生活に入り、一年数ヵ月後に再び書きだし、脱稿するまで丸四年間を費やしたからだった。

テニスというスポーツを、いかに小説化するかということに心を傾けていた自分が、結核病棟に放り込まれ、毎日、病室の窓から、走っている小犬や、ジョギングをしている人々を見ている……。自分は再びラケットを握ってテニスコートを走れるようになるのだろうか……。それどころか、再び小説を書けるようになるのだろうか……。

入院中、私はしばしばそんな思いにひたった。だから、単行本のあとがきに、

〈自分にかつてそんな時代があったということを思い起こすたびに、なぜか茫然たる思いにひたってしまうときがあります〉

という、そこだけいささか唐突な、説明不足の一節を書いてしまったのだろう。

そんな自分が、約一ヵ月に及ぶドナウ河二千八百キロの厳しい旅を終えて、なんとかフランクフルトまで戻って来た日に、『青が散る』の新聞広告を見た……。不思議だなァ、ああ、人生は不思議だなァ……。旅の疲れが私を感傷的にさせていたにしても、私は心からそう感じたのである。

十年前に書いた作品の良し悪《あ》しを云々《うんぬん》しても仕方がない。けれどもただひとつ言えるのは、『青が散る』に登場する架空の人間たちを、私はいまでも愛しつづけているということだ。彼等は、いまでも少しも歳《とし》をとらず、私のなかで笑ったり泣いたりしている。そして、フランクフルトで『青が散る』の新聞広告を見たときの烈《はげ》しい歓《よろこ》びが、その後の私の多作な時代を支える不思議な力となったことも付記しておこうと思う。

『春の夢』

『春の夢』は、「文學界」に二年余にわたって連載した作品だが、連載中は「棲息《せいそく》」という題であった。

おそらく、釘《くぎ》づけにされた一匹の蜥蜴《とかげ》と、主人公の境遇との関連から、そのような題をつけたのであろうが、連載の途中で、「棲息」という題に嫌気がさしてきた。その題が、あまりにも小説の内容とくっつきすぎているような気もしたし、「棲息」だと、何もかもに出口がないではないかと思えたのだった。

連載が後半部に入ったあたりで、私は「春の夢」という題に変えようと決めた。けれども、連載小説が途中で題を変えたという例は、私の知るかぎりなかったので、改題は単行本化される際に行なうしかあるまいと考え、「棲息」のまま連載を終えたのである。

蜥蜴のエピソードが、現実のことであるのかどうかは、明かさないでおきたい。私は、『春の夢』を書く以前に、『蜥蜴』というエッセーを書いているが、エッセーも、私にとっては、ときに短い小説であったりもする。

私は、生きようとする闘いを書こうと思い、未熟でがむしゃらで潔癖な恋愛を書きたいと思った。私が二十五歳で強度の不安神経症にかかったとき、母は決然と、「人生は闘いよ」と言って励ましてくれた。そのころ、私は自分が将来、作家になるなどとは夢にも思っていなかった。作家になろうと試みるはめになるであろうことも予想していなかった。

けれども、あとになって考えてみれば、強度の不安神経症は、私に作家になろうと決意させる重要な導火線となり、「人生は闘いよ」という母の言葉は、ともすれば臆病になりそうな私の背を絶えず強く押しつづけてくれたのである。

私の実体験は、どこかで形を変えて、小説のある部分に使われる場合もある。しかし、『春の夢』には、例外的に、私の体験がかなり生な形であらわれている。私には、主人公の哲之のような恋をし、哲之のように生きた時代がある。

『ドナウの旅人』

『ドナウの旅人』は、一九八三年十一月十五日から一九八五年五月二十八日まで朝日新聞夕刊紙上で連載した、私にとっては最初の新聞連載小説である。

おそらく昭和二十二年生まれという私の年代の者たちが、新聞に連載される小説を、毎日、楽しみに読んだ最後の世代かもしれない。

現在のように娯楽や情報が溢《あふ》れている時代とは違って、私たちが少年のころ（たぶん東京オリンピックの年の前後あたりまで）、新聞小説は、活字による数少ない貴重な楽しみのひとつであったという気がする。そのころ読んだ幾つかの新聞小説の題も内容も、作者の名も、私はいまでもよく覚えている。少年の私にとっては、新聞に小説を連載する作家は大作家であった。別段、世の中にそのような取り決めがあったわけではないが、私はそう思っていたのである。

だから、作家になって五年目に、朝日新聞社が私に連載小説を依頼してきたとき、私はそのことをどれほど光栄に感じたかしれない。と同時に、どんな小説が私のなかから生みだされていくのかに、強い不安をも感じた。

私は〈川三部作〉で作家として出発したが、ドナウ河を舞台に小説を書こうと決めたときも、連載が始まってからも、自分がまた川を舞台に小説を紡《つむ》いでいることに気づかなかった。何人かの人たちに言われて、私は自分が登場人物たちをだしにして川の畔《ほとり》を歩いていることを知った。もしかしたら、『ドナウの旅人』を書くことで、私は自分がいかに川の畔へ行きたがる人間であるかを知るはめになったと言えるかもしれない。

一九八二年の十月に、私は『ドナウの旅人』の取材のために、ドイツ、オーストリア、ハンガリー、ユーゴスラヴィア、ブルガリア、ルーマニアの六ヵ国を、ドナウ河に沿って旅した。約一ヵ月にわたる旅であった。当時は、東ヨーロッパに改革の兆《きざ》しなどまったくなく、社会主義圏に入ると、自由にならない慌《あわただ》しい旅を強いられた。しかし、三千キロに及ぶ旅が私に与えてくれたものははかりしれない。ただ〈はかりしれない〉としか言いようがないのである。

ドナウ河の終わるところ、黒海の畔にたどり着いたとき、私は疲労困憊《こんぱい》していたが、やがて書きだすであろう『ドナウの旅人』という小説に対して、抑えきれないほどの闘志をいだいたことを覚えている。

『ドナウの旅人』を書き終えて七年たったが、私のなかでは、麻沙子と絹子と長瀬道雄とシギィの四人が、まだドナウ河の畔のどこかをさまよっているような気がしている。

『夢見通りの人々』『葡萄《ぶどう》と郷愁』

『夢見通りの人々』という私にとっては初めてのオムニバス形式による長篇が出来あがる経緯には、多少のいきさつがある。

最初、私は「小説新潮」に「時計屋の息子」という三十枚の短篇を書いた。それは、まったく独立した作品であり、その続篇とか、あるいは、つながりを持つ小説を書く気は毛頭なかった。

ところが、当時の担当編集者が、アンダースンの『ワインズバーグ・オハイオ』という小説を私に読むよう勧め、それぞれが関連しつつ、一篇一篇は独立しているオムニバス長篇を書いてみてはいかがなものかとそそのかした。

アンダースンは、アメリカのオハイオ州のどこかに、ワインズバーグという架空の町を創り、一人の青年と、彼の周辺で生きる人々を描いて、陰影の濃い小説世界を築いていた。私はこういう小説の形式も好きだったし、また、山本周五郎の『青べか物語』にずっと以前から畏敬《いけい》の念を抱いていたこともあって、それならばと、『夢見通りの人々』を書きだしたのである。

書きだしてみると、夢見通りの住人たちは、いかんともしがたく、私流にならざるを得なかったのだが、書き終えて、私をそそのかしてくれた編集者に感謝の思いを抱いた。アンダースンの『ワインズバーグ・オハイオ』を、わざわざ私の家まで持参してくれることがなければ、『夢見通りの人々』という小説は生まれなかったかもしれない。

『夢見通りの人々』に登場する多くの人間に一人としてモデルはなく、夢見通りという商店街も、この世に存在しない架空のものであることを、あらためて付記しておきたい。

一九八四年の春、我が家に一人のハンガリーの青年がやって来て、それから丸三年間、私の家族として暮らした。当時、ハンガリーを含む東ヨーロッパ圏は共産主義体制下にあり、そのハンガリー人の青年の日本留学も、簡単に実現したのではない。

しかし、神戸大学の大学院で、日本語と、日本近代史を学ぶハンガリー人の青年は、私に多くのことを教えてくれた。私は、夜、彼と酒を飲みながら、ハンガリーで生きる青年たちの考え方や生活ぶりに触れ、『葡萄と郷愁』の想を得たことになる。

だが、この小説でブダペストと東京とを同じ時のなかで進めさせたのは、日本という国や、日本の青年に対するアンチテーゼではない。さらに、この小説を書いている最中、私は、わずか二、三年後に、ソ連や東欧が驚くべき変革に動きだすなどとは想像もしなかった。巨大な変革が起こることは確信していたが、それはきっと二十一世紀を待たねばならないだろうと私は思っていたのである。

『優駿《ゆうしゅん》』

私は『優駿』のなかで、登場人物のひとりである和具平八郎に、サラブレッドについて次のような思いを抱かせています。

――生き物はみなそれぞれに美しい。だが人為的に作りだされてきた生き物だけが持つ不思議な美しさというものが確かにある。サラブレッドの美しさが、その底に、ある哀《かな》しみに似たものをたたえているのは、他のいかなる生き物よりも苛《か》酷《こく》な人智《じんち》による淘汰《とうた》と、その人智だけでは到底計り知ることの出来ない生命の法則との対立によって生み出されて来たからなのだ。――

これは、和具平八郎を代弁者として、私のサラブレッドに対する考え方を述べているのですが、『優駿』という小説の土台もそこにあったと言えるでしょう。

私は幼いころ、しばしば、父につれられて競馬場へ行きました。おそらく、小学生になる少し前に、私は初めて競馬というものを見、サラブレッドという生き物を目にしていたはずです。無論、幼い私にとっては、サラブレッドたちは賭《か》け事の対象ではなく、なにやら上品な威厳を持つ、美しい肢体を輝かせている存在でした。

芥川賞の受賞の報を受けた夜、報道関係者がすべて帰って、やっと静かになってから、私はなぜか放心状態のまま風呂《ふろ》に入り、そこで、ふいに父が死ぬ何日か前に私に言った言葉を思い出したのです。

「俺は、お前には、人とは違う何か特別な才能があると思いつづけてきた。しかし、それは、どうやら親の欲目だったようだ。お前は父親に勝手にそう思われて、随分、重荷だったことだろう。どうか、子に期待を持ちすぎた俺を許してくれ。お前には何の才能もなかった。勉強も駄目、体も弱い、根気もない、ただわがままなだけで、何を考えているのかさっぱりわからない……。まあ、自分の生きる道を定めたら、そこから外れずに地道に努力していけ。過剰な期待をかけすぎて、本当に申し訳なかった」

二十二歳の私は、その父の言葉で、うなだれて泣きながら、夜道を歩きつづけたものでした。

私は風呂につかりながら、涙が流れて仕方がありませんでした。父が生きていたら、どんなに歓んでくれただろうかと思ったからでした。そして、父と一緒に、よく競馬場へ行ったことを思い出した瞬間、私は、いつの日か、一頭のサラブレッドを主人公にした小説を書こうと決めたのです。父の言葉とサラブレッドとが、どこでどう結びついたのか、私には、いまでもよくわからないでいます。

その日から約八年後に、私は『優駿』を書き終えました。競走馬の世界に関する知識を得るために日数がかかっただけでなく、一頭の物言わぬ生き物を核に据え、それを取り巻く人間たちの劇を円周とすることが、存外に困難だったからです。全集に納められるにあたって、私はこの『優駿』を、父に捧《ささ》げたいと思います。


『花の降る午後』


ひとつの小説を書きだそうとしているとき、もしくは、書きついでいるとき、書く側の精神状態だけでなく、刻々と変わる外的条件によっても、作品の内容は曲がりくねっていくのですが、この『花の降る午後』は、それらの影響をまともに受けつづけたまま、プロットがつみ重なり、終結へとつながったものです。

この小説を書きだす前も、書いている最中も、私の周辺では、不幸な出来事があいつぎました。友人の自殺や離婚、従兄《いとこ》や伯母の急死などです。

そんなとき、私は、民俗学者の柳田國男が、かつて誰かとの対談で、次のような意味のことを語っていたのを思いだしたのです。

――古来から、文芸の約束事とは、不幸な人が幸福になり、愛する者が結ばれ、善が悪に勝ち、努力が実を結び、といったことを書くものではなかったろうか。自分の庭で丹精して育てた花を、道行く人に差し出すことが、文芸の約束事だったはずだ――。

しかし、私は、およそ文学における技術上の問題において、柳田國男の言葉を実践することが、いかに難しいかを知っています。めでたし、めでたしで幕をおろす小説は、現代では、ほとんどが〈中間小説〉の範疇《はんちゅう》に組み入れられ、〈純文学〉という特殊で狭い世界から追い払われてしまうのです。

私は、作家をこころざしたときから、〈純文学〉という言葉を嫌悪《けんお》していました。文学に〈純〉も〈不純〉もない、ただ、いい小説と、よくない小説がある。質の高い小説と、質の低い小説があるだけだ。――私はそう思っています。

だから、私は『花の降る午後』で、善人が幸福になる小説を書こう、愛する者が結ばれる小説を書こうと決めました。その思いのきっかけは、前述した周辺の不幸に対する怒りだったのでしょう。

『花の降る午後』の発表の舞台が新聞連載であったことは、〈幸福物語〉を書くうえで、私をのびやかにしてくれましたが、考えてみれば、人間にとって幸福とは何かという問題は、作家としての私の、最も重要なテーマであったのです。この大きなテーマは、おそらく終生、私のなかで変節することはないでしょう。

『愉楽の園』

私は、二十七歳のときに、生まれて初めて小説を書きました。当時は、まだ会社勤めをしていたので、帰宅してから夜中の三時、四時まで、タイのバンコクを舞台にした『弾道』という題の小説を、いったい小説とはどうやって書いたらいいのだろうと暗中模索しながら書きつづけたのです。

その小説を書いているあいだ、睡眠時間は毎日三時間ほどだったので、百枚ほど書いたころには、たった十段の階段をのぼっても息切れがして、眩暈《めまい》で立っていることもできない状態になったのを、ときおり懐《なつ》かしく思い出します。

そうやって書きあげた『弾道』という小説は、読み返すと、冷や汗が出るくらい、気どった文章で、とても小説と呼べる代物《しろもの》ではありません。

けれども、何はともあれ、自分が初めて書いた小説であり、私のなかでは記念碑的作品として生きつづけていました。

それから十二年後に、「文藝春秋」で連載の話があったとき、私は『弾道』を礎《いしずえ》にして、人間の心と風土のかかわりや、その心が一瞬に変化しつづけるさまを小説にしようと思い、『愉楽の園』を書いたのです。

『弾道』が『愉楽の園』として生き返るために、私には十二年の歳月が必要だったと言ったほうが正確かもしれません。

当然のことながら、人間の心ほどうつろいやすいものはないのですが、そのめまぐるしい変化は、風土というものと密接なつながりがあるはずで、そこにも人間の宿命を織り成す要素が大きく秘められていると思うのです。

『愉楽の園』が、その問題にどれだけ触れ得たかは読者の判定にゆだねるしかないのですが、私はこの小説を書き終えたとき、自分が作家として第二段階に入ったことを自覚しました。『愉楽の園』は、私にとっては、そのような意味を持つ作品です。

『海岸列車』

ロシアの作家アントン・パブローヴィチ・チェーホフは、『恋について』という短篇小説のなかで、登場人物のひとりに、こう語らせています。

——恋をする以上は、その恋について考える場合に、ありきたりの意味での幸福とか不幸とか、罪とか美徳とか、そういったものよりはもっと高い、もっと重要なことから出発すべきだ。それがいやなら、むしろぜんぜんなにも考えないほうがいい。わたしがさとったのはそのことだったのです。——

いったいチェーホフの考える〈もっと重要なこと〉とは何なのか……。私は、それを別段、人生の最重要事として考えたことはなかったのですが、現代の世の中の風潮に冷めた目を向けてみると、多少は、恋についての〈もっと重要なこと〉を思考してみてもいいのではないかと思い、『海岸列車』という小説を書き始めました。

しかし、〈もっと重要なこと〉とは何なのかという問題は、小説を書き進めていくうちに次第に変節して、結局、人間の誠意や勇気や知恵や忍耐や正義や、つまるところ、生や死へと行き着かざるを得ない物語に発展してしまったのです。

『海岸列車』を書く前に、私は山陰地方を旅行し、鎧《よろい》という無人駅で途中下車しました。その無人駅のたたずまい、鎧という海辺の小さな村のたたずまいは、強い印象として私の心に残っていました。

だから、この小説は、ひとつの風景が思考を包み、思考が風景を動かしていった小説です。

そのような書き方は、じつのところ、私の最も得手とするところですが、〈もっと重要なこと〉とは、〈自分にとって何が最も幸福なのか〉をみつけることだと気づいたのは、『海岸列車』を書き終えて、二年ほどたってからでした。けれども、気づかないまま、私は『海岸列車』で、〈自分にとって何が最も幸福なのかをみつけよう〉と、読者に語りかけていたのだと思っています。

『海辺の扉』

私は、霊魂とか、輪廻《りんね》転生といったものは信じていないのですが、生命というものには初めもなければ終わりもないと説く思想を（これは宗教でもあるのですが）信じています。

愛する者との死別は、どうにもこうにも、まぬがれがたいのですが、もし、自分と、その愛する者とのあいだに、深い縁《えにし》があるならば、どちらかが死んでも、必ずまたどこかで再会するのだと、私はいつの日か信じるようになりました。

ギリシャに旅をしたとき、私は、『海辺の扉』の想を得て、この〈再会〉をテーマに小説を書きたいと思いましたが、いったい、どのような物語によって、テーマの土台を築き、構築していったらいいのかわかりませんでした。

けれども、私のもくろんだテーマは、あまりに深い問題だけに、プロットをあらかじめ用意しておくこと自体に無理があると思い、ほとんど見切り発車のまま書き始めたのです。

私の作品のなかで、この『海辺の扉』が、どういう意味を持つのかは、おそらく年月が決めていくでしょう。あるいは、私は、ひとつの、ある序章を書いただけかもしれませんし、リアリズムの橋だけでは、これが限界なのかもしれません。

いずれにせよ、生命の無始無終というテーマは、作家としての私の命題でもあるのです。その秘密がわかれば、少々の不幸なんか、吹っ飛んでいくに違いないからです。

『流転《るてん》の海』『地の星』

私における〈父と子〉を、作家として、どうしても書かねばならないと思ったのは、私が、三十二、三歳のころでした。

しかし、それが、どんなに大仕事になるのかは、書く前から、わかりすぎるほどにわかっていたので、書かねばならないと己に言い聞かせつつ、私は、絶えず、そこから心をそらせていました。

多旋律ではない人間などいないのですが、私の父は、あまりにも無数の旋律を、それも、あまりにも唐突に奏《かな》でる（と言うよりも、打ち鳴らす）人だったので、父の心の機微や、多種多様な思弁や感情や、宿命という鉄路について、私の旋律がついていけなかったのです。

私が、父の年齢に近づかなければ、理解できないことはたくさんあるでしょう。にもかかわらず、私が、まだ三十五歳という年齢で『流転の海』を書きだしたのは、私の友人が、交通事故で急逝したからでした。やろうとしている仕事は、いまやらねばならない。私は、そう思ったのです。

『流転の海』を書き終えて、第二部にあたる『地の星』を脱稿するまで、約八年の歳月を要しました。これから、第三部、第四部、そして、最後の第五部を書き終えるまでに、私は、少しずつ、父が、私という一人息子をもうけた年齢に近づいていくことになります。

〈松坂熊吾〉という奇妙な市井《しせい》の人を書くとき、そこには、第二次大戦以後の、日本の歴史も背後にうごめいていなければならないでしょうし、私の母の歓《よろこ》びや哀《かな》しみも、さらには、〈松坂熊吾〉に縁した人々の有為転変も、おのずと浮きあがってくることでしょう。

私は、こんな長い小説によって、いったい何を表現しようとしているのか。多くの人間たちの人生劇だけなのか……。

そう自問自答するとき、私は必ず、私のなかにも、いま道ですれちがった見知らぬ人のなかにも、この途轍《とてつ》もない宇宙の生命力と同じ力が、力強く作動しているのだと考えることにしています。

おそらく、私が、自分の父をだしにして書きたいのは、宇宙の生命力と私たちの宿命との関係であろうと思うのですが、そのような、えらそうなご託は、全五部を書き終えてしまったら、もはや言葉にする必要はないという結果になればいいのですが……。

短篇小説

外国の文学では、短篇と呼ばれていても、四百字詰原稿用紙に置き代えると、二百枚を超えるものもあります。

私は、日本においては、百枚以下の小説を、短篇だと思っています。そこで、この全集の第十三巻目にあたるこの巻には、一九九〇年までに発表した百枚以下の小説のすべてを、執筆順に収録することにしました。

読み返してみると、出来のいいもの、悪いものがありますが、それを書いているときは、私には、そのように書く力しかなかったので、そして、それは仕方のなかったことなので、時間をかけて、あらためて推敲《すいこう》することを、あえて避けました。

ある時期、長篇小説にばかり没頭せざるを得なかったときにも、私のなかには、幾つかの短篇の素材が、ふっと湧《わ》いてくることがありました。

それらは、一瞬の火花のように消えていくので、長篇小説を書かなければならないことに腹を立てたり、いらいらしたものです。

本来、私は短篇小説が好きで、とりわけ、三十枚程度の短篇の難しさを前にして、パズルを解くみたいに苦心することを楽しんでいる場合もあるのです。

けれども、楽しんでいても、産みの苦しみがやわらぐわけではなく、十五年間に書いた二十八篇の短篇小説は、火花の寄せ集めや、私という人間のポケットに入っているガラクタの混ぜ合わせであったにしても、やはり、狭い産道を懸命に通って来た作品であることは間違いのないところでしょう。

エッセー

一九八五年あたりから、私は、意図的に、エッセーを書かなくなりました。小説を書く作業に没頭しなければなりませんでしたし、エッセーを書くための労力も、小説を書く労力も、私にとっては大差がなかったからです。五枚のエッセーを書くための力を、三十枚の短篇小説に使いたかったのです。

内容の良し悪《あ》しとは別に、私は、作家になって以来、エッセーも一所懸命に書いてきました。これはエッセーだから、いいかげんに書き流しておこうということができず、随分たくさんの小説の素材を、そこに注いだりもしました。

そのことを後悔したことは一度もありません。エッセーは、別の形をした、小説のためのスケッチと考えればよかったのです。

しかし、いま自分は、小説をかかなければならない時期で、エッセーのために、異なった思考回路を駆使して、神経を消耗したくないと思い、多くの依頼を頑固にお断わりして、今日に至っています。

それでも、ごく稀《まれ》に、何かのひょうしに引き受けてしまう場合もあって、この全集の最終巻に収めたエッセー以後にも、二十篇近くのエッセーがあります。

けれども、今後も、当分のあいだは、エッセーを書く気がないので、いつ、それらが一冊の本にまとまるだけの分量に達するのか、見当がつきません。

この全集の月報のために書いた「生きものたちの部屋」というエッセーだけは、全集刊行の重要な作業として書いたので、自分の意図に反したとはいえません。

昔、「いいエッセーが書けたら、小説家は一人前」だと、ある人に言われたことがあります。その言葉は、おそらく正しいと思います。なぜなら、どんなに短いエッセーにも、書き手の底力《そこぢから》、もしくは、思想の正体が、じつに見事に露呈されるからです。

余分なことですが、私がエッセーを書かなくなったのは、そのことが怖かったからではありません。

1992.4―1993.5

あとがき

「父祖の地」という言葉があります。私の父も祖父も愛媛県南宇和郡で生まれ育ったのです。

この四国の南西端の交通の便の悪い地を訪れた夜、私は「父の生まれた田園に立ち、父の血の騒ぎを聴く。茫然《ぼうぜん》と星を仰ぐ。」という文章を手帳のどこかに書いて、そんなものを書き留めたことも忘れて数年がたちました。

その手帳がどうかしたひょうしに出てきて、私は私の戯《たわむ》れ文のようなものに再会し、もっともっと「血の騒ぎ」を聴いてみたくなりました。

「母祖の地」という言葉はないようですが、私は私の母の「血の騒ぎ」もあらためて聴きに行かねばなりません。母は神戸で生まれ育ったのです。

このエッセー集には、随分若いころに書いたものが多く収録されています。横着な私が自分で書いて忘れていたものを捜し出し、近年、滅多に書かなくなった数少ないエッセーと併せて、一冊に纏《まと》めて下さった新潮社出版部の栗原正哉氏と鈴木力氏に深く感謝申しあげます。

私はいまのところ、もうエッセーを書くことはやめようと思っていますので、この「血の騒ぎを聴け」という大仰な題のエッセー集が、私のエッセー集としては最後のものになるかもしれません。

二〇〇一年十一月

宮本輝

〈シラミ〉の目

川本三郎

エッセーは小説と評論の中間にある。だから小説のようなエッセーと評論のようなエッセーにわかれる。個人的には前者のほうが好きだ。

本書の冒頭の短いエッセー「遠足」が素晴しい。これは小説のようなエッセーで、一篇の短篇小説の味わいがある。そして、ここには宮本輝文学の真髄である「情」がある。「哀《かな》しみ」がある。

小学校の三年生のときの遠足の思い出である。クラスに〈シラミ〉というあだ名の女の子がいた。貧しい家の子供で、遠足費のことがあるのでみんなと一緒に遠足に行けるかどうかがわからない。その女の子が、なんとか遠足に参加した。その時の思い出である。

「私」は、〈シラミ〉が遠足に来たのを喜んでいる。しかし、〈シラミ〉を意識しすぎたために、喜んでいる気持が屈折した形で出てしまい、かえって彼女を傷つけてしまう。

貧しい女の子を傷つけてしまったと知った「私」は、それから数日間、「何をやっても楽しくなかった」。

この短いエッセーには、宮本文学のさまざまな特色が刻みこまれている。戦後の日本社会のどこにもあった貧しさ。その貧しさが子供の心も傷つけたこと。傷つけられた側だけでなく傷つけてしまったほうの子供にも心に屈託が残ったこと。子供ですらも感じる生きることの悲しさ、いや、子供だからこそ感じる悲しさ、その気持に敏感になること。

宮本輝は子供の頃に、すでにそのことを知ってしまった。傷つけられる側と同じだけ傷つけたほうもつらく、悲しい。

遠足の日、〈シラミ〉の姿を見て「私」のほうは「嬉《うれ》しくて、ひとりでむやみにはしゃぎまわった」のに、〈シラミ〉のほうは「いつもよりもっと暗い顔つきで、自分の足元ばかり見つめていた」。

「私」には、ついに彼女の悲しみの深さが理解できない。その意味で「私」は、生半可な同情など寄せつけない〈シラミ〉に拒否されている。宮本輝は、大人になって小説を書こうと思った時、この女の子に向けて書くことを心に決めたのではあるまいか。

　小学校三年生の時に、貧しい女の子を傷つけ、そして、自分もまた傷ついた、あの悲しい日のことを一種の原罪として心に刻みこみ、あの時、自分を拒否した女の子に、一歩でも近づこうという思いで小説を書き続ける。

「遠足」という好短篇のようなエッセーを読むと、そう思わざるを得ない。『泥の河』や『螢川』といった子供を主人公にした小説には、その背後に「いつもよりもっと暗い顔つきで、自分の足元ばかり見つめていた」貧しい女の子がいる。作家として宮本輝は、片時も彼女のことを忘れていないのではないだろうか。

　大人になった自分を、子供の頃に同じクラスにいた女の子が、いまもどこかからじっと見ている。作家となった自分を、戦後の貧しい時代の小学校の教室の片隅から〈シラミ〉がじっと見ている。

　無論、本当に〈シラミ〉という女の子がいたのかどうかはわからない。『螢川』の螢が想像の産物だったというように、〈シラミ〉も、宮本輝の想像から生まれたものかもしれない。確かなのは、宮本輝が小説を書こうとした時、自分を見る者として、〈シラミ〉を必要としたことである。貧しさの、そして、哀しみの象徴として、宮本輝には、どうしても〈シラミ〉が必要だった。〈シラミ〉の視線に耐える小説。〈シラミ〉の哀しみに拮抗《きっこう》する小説。それが宮本輝の真骨頂である。

宮本輝の文学には、「情」がある。「哀しみ」がある。一種の苦労人の文学、大人の生活者の文学である。子供や若者が主人公であっても、どこかに大人の「情」と「哀しみ」を持っている。決して、はしゃいでいない。

宮本輝は小説のなかに、きんぴかの最先端な若者風俗やカタカナ文化を持ちこむことはしない。はったりや大仰な物言いも好まない。小説を書きはじめた頃、ある人に「難しいことを難しく表現しているあいだは、まだまだ至っていないのである。本当にわかっていれば、どんな難しいことでも簡単に表現出来るはずだ」といわれ、その助言を深く心に刻んだという。

平明な言葉で難しいことを表現する。いや本当に平明な言葉で表現してゆけば、難しいことも実は、大人の生活者から見れば、ごく平易な真理に見えてくる。「私は、清潔な文章で書かれた小説以外は信じない」とは、その平明さを指している。

新しい風俗、新しい技法、新しい思想。

つねに新しさが求められ、それがまたたくまに消費され、捨てられてゆく文学風土のなかにあって、宮本輝が三十年以上にわたって第一線で書き続けてこられたのも、一見、古風とも見えるこの平明さを大事にしてきたからに他ならない。〈シラミ〉に拮抗しうる言葉があるとすれば、ひとりよがりの難解な言葉でも、外国から輸入された言葉でも、あるいは先端流行風俗の言葉でもなく、あくまでも無名の生活者の心に届く、地に足が着いた平明な言葉である。結局、最後に残り、読み続けられてゆくのは、平明な文学なのだ、という確信が宮本輝にはある。

実際、宮本輝や私などの若い頃に新しい文学ともてはやされたフランスのアンチ・ロマンなど、いま、どれだけの人が読んでいるだろう。無論、実験的な小説には素晴しさがある。しかし、それはあくまでも一瞬の文学である。その一瞬に賭《か》けてこそ意味がある。

宮本輝は、一瞬より永続を大事にする。生活者とは、一瞬の輝きより永続のなかに地味な光を見ようとするのだから。

〈シラミ〉に象徴される生活者の目をいつも意識している宮本輝は、彼らの生活に寄りそうことのなかで自分の言葉を探してゆく。はねあがったり、はしゃいだりすることは決してない。若い時から落着きがある。だから昔の宮本輝の作品をいま読んでも古びていない。いや、いま読んだほうが、平明で清潔な文章の重みがわかってくる。先端的な若者風俗を「新しい文体」で描いた青春小説が次第に色褪《いろあ》せてゆくのと対照的に。

このエッセー集には随所に、平明を大事にしようとする宮本輝の小説論が出てくる。

苦労に苦労を重ねて自分を育ててくれた母親に語りかける好エッセー「母への手紙――年老いたコゼット」――ちなみに、この一文を読むと、エッセーとは、もっとも信じている人間にあてて書いた手紙だという定義も成り立つ――のなかで、宮本輝はユーゴーの『レ・ミゼラブル』の最後の文章を引用する。

アンチ・ロマンの「新しい」文学ではなく「古い」ユーゴーを援用するのがまたいかにも宮本輝らしい。

ジャン・ヴァルジャンが死の床で、自分が引き取って育てた孤児のコゼットに、彼女の母親が娼婦《しょうふ》であったことを伏せたまま、はじめて母親の名前を明かす。とてもいい文章なので引用したい。

「コゼット、今こそお前のお母さんの名前を教えるときがきた。ファンチーヌというのだ。この名前、ファンチーヌを、よく覚えておきなさい。それを口に出すたびに、ひざまずくのだよ。あの人はひどく苦労した。お前をとても愛していた。お前が幸福の中で持っているものを、不幸の中で持っていたのだ」（佐藤朔訳）

そして宮本輝はこう書く。

「ぼくは、この部分を読むたびに、いつもなにかしら人生の大きな仕組みのようなものを感じて胸をうたれます」

一般に「人生」という言葉はうさんくさいものだが、『レ・ミゼラブル』の引用のあとに出てくると素直に受け入れることが出来る。そして、宮本輝がここで、ファンチーヌのうしろに、あの〈シラミ〉を見ていることはいうまでもないだろう。

「法華経《ほけ》」の宝塔を講じる次のような文章にも、宮本輝の文学観がよく出ている。

「宝塔は、四つの面を持っていた。それは生老病死という免がれ得ない人間苦であった。この四つの最大の苦悩によって、宝塔はさらに荘厳されていくという意味である。私は、妙なご託を並べているのではない。ここで鼻白む人は、生涯、箸《はし》にも棒にもかからぬ文章、あるいは小説を書いていればいい」

宮本輝にしては珍しく過激な文章だが、それだけ、自分の文学が平明な言葉による「情」と「哀しみ」の文学であると誇らし気に宣言していることがわかる。ここでも「宝塔」の向うに〈シラミ〉の目がある。

宮本輝の父親と母親は文学と関わらない、実直な生活者だった。それだけに両親がふともらす思いがけない言葉に宮本輝は新鮮なものを感じた。それは読者にも新鮮である。

亡《な》くなる二ヶ月ほど前に、屋台でコップ酒を一緒に飲んだ時、父親は大学生の宮本輝にこういったという。

「おてんとさまばっかり追いかけるなよ」

凄《すご》い言葉である。生活者の地べたから生まれた言葉で、文芸評論家の体《てい》のいいどんな言葉より、宮本輝文学の良さをいい当てている。父親のこんな言葉も心に残る。

「哀しい別れというものを味わったことのない人間とは、おつきあいしたくない」

あるいは母親の言葉。

中上健次がある時、ひどい電話をかけてきた。母親はそれを聞いて寝込んでしまった。宮本輝は、中上健次はどんな作家かと聞く母親に中上健次の『鳳仙花《ほうせんか》』を渡した。それを読み終えた母親はいった。

「こんなきれいな小説を書きはる人が、なんであんなに人を芯《しん》からびっくりさせるようなことをしはるんやろ……」

「こんなきれいな小説」とは、なんと平明ないい言葉だろう。生活者の言葉が、批評家の言葉を超えている。ここでも宮本輝は、母親の向うに〈シラミ〉を見ている。

そして思う。宮本輝その人がなんと「きれいな小説」を書いてきたことだろうと。

『泥の河』のあの大きな鯉《こい》、『螢川』の乱舞する螢、あるいは近年の『星宿海への道』の黄河の水源、『約束の冬』の飛ぶクモ……といった幻想的なイメージを思い出す時、とくにそう思う。現実の向うの「きれい」な場所で、宮本輝は、はじめて〈シラミ〉と一緒に親しく遊ぶことが出来るのかもしれない。

（平成十六年四月、文芸評論家）

初出と初収（初出発表時の標題と異なるものあり）

血の騒ぎを静かに聴け　「波」一九九八年七月号
よっつの春（遠足　カメラ　土筆　桜）「聖教新聞」一九八〇年四月二十八日、三月十日、四月十四日、三月二十四日
　『宮本輝全集　第十四巻』一九九三年五月　新潮社刊
能く忍ぶ　「読売新聞」（大阪本社版）一九八二年十二月十一日
　『宮本輝全集　第十四巻』一九九三年五月　新潮社刊
お天道様だけ追うな　「日本経済新聞」一九八五年十月三十日（夕刊）
犬たちの友情　「別冊婦人公論」一九八五年春号
早射ちマックも歳を取った　「小説すばる」一九九四年二月号
ハンガリー人の息子　「暮しの手帖」一九八六年七・八月号
優しさと野鳥たちとの対話と　「ＮＥＷＴＯＮ」一九八六年十二月号
ハイ・テクの言語……？　「図書」一九八七年二月号
贅沢な青春　「新潮文庫の１００冊」パンフレット　一九八六年七月
文庫本のたたずまい　「新潮文庫の１００冊」パンフレット　一九九七年七月
母への手紙――年老いたコゼット　「ＰＨＰ」一九八七年九月号
財布のひも　「小説新潮」一九八八年一月号
花も実もある嘘ばっかり　「波」一九九二年四月号
音をたてて崩れる　「別冊婦人公論」一九八八年春号
河原の死体　「小説新潮」一九九六年一月号
歳相応は難しい　「文藝春秋」一九九六年三月号

あうんの坩堝　「週刊新潮」一九九六年四月十一日号
橋の上で尻もち　「文藝春秋」一九九七年六月号
人生のポケット　「本の話」一九九八年七月号
心根の変化　「週刊文春」一九九八年十月十五日号
軽井沢日記　「新潮」臨時増刊「宮本輝」一九九九年四月
悲しかった食事　「新潮」臨時増刊「宮本輝」一九九九年四月
嫌いなもの　「新潮」臨時増刊「宮本輝」一九九九年四月
人は言葉の生き物　「ダ・ヴィンチ」二〇〇〇年十月号
競馬にもっとロマンを　「京都馬主協会々報」一九八七年春号
春の牧場　「波」一九八七年六月号
わが幻の優駿よ——ぽろっと落ちた桜花賞　「Number」一九八九年六月五日号
白鳥と、その足　『中国　心ふれあいの旅』一九八四年五月　桐原書店刊
但し「大地」の章は「日中文化交流」第三四三号（一九八三年六月五日）に発表され、『命の器』（一九八三年十月　講談社刊）に収録された
『宮本輝全集　第十四巻』一九九三年五月　新潮社刊
手品の鯉——中国再訪　「日中文化交流」第四一五号　一九八七年一月一日
乗り物嫌いの旅行好き　「日本経済新聞」一九八五年九月二十二日
チトー将軍通り　「小説現代」一九八七年二月号
海岸列車の鉄路　『ブルーガイド情報版α'98汽車旅１００選』一九九七年九月　実業之日本社刊
ハンガリーの夏　「週刊朝日」一九八九年九月二十九日号
ハンガリー紀行　「THE GOLD」一九九三年七月号〜十月号　ＪＣＢ発行、小学館編集
ついに書かれなかった小説　「新潮」一九九一年四月号

その偉大な質と量　「サンデー毎日」一九九一年二月十七日号
大雁塔から渭水は見えるか　『新潮日本文学アルバム48　井上靖』一九九三年十一月　新潮社刊
扉の向こう　「新潮」一九九二年十月号
喪失　「文學界」一九九二年十月号
故郷をもたぬ旅人　『水上勉紀行文集』全八巻　カタログ　一九八二年八月　平凡社刊
知力の調べ　『小林秀雄全集』全十四巻別巻二　カタログ　二〇〇〇年十二月　新潮社刊
折れない針　宮尾登美子『つむぎの糸』新潮文庫解説　一九八三年三月
ディテールと底力　『宮尾登美子全集　第十一巻』月報　一九九三年九月　朝日新聞社刊
星を見る人　『田辺聖子長篇全集　第十六巻』月報　一九八二年十二月　文藝春秋刊
一九九五年の焦土を書き残す　田辺聖子『ナンギやけれど……わたしの震災記』集英社文庫解説　一九九九年一月
清潔な蠱惑　黒井千次『春の道標』新潮文庫解説　一九八四年六月
縁とロマン　「文學界」一九八七年五月号
シンプルであることの猥雑　山田詠美『トラッシュ』文春文庫解説　一九九四年二月
船がつくる波　『わかれの船』一九九八年十月　光文社刊
こころの形　望月通陽「十四の傾く器」展カタログ　一九九三年四月
映画を演じる　その危険な芸――マルセ太郎「朝日新聞」一九八六年六月十七日（夕刊）
『螢川』について　「国語教室」第三三号　一九八八年二月
三つの〈初めにありき〉「朝日新聞」一九九一年一月十三日
『錦繍』の一読者への返信「日本経済新聞」一九八二年十二月十八日
『宮本輝全集　第十四巻』一九九三年五月　新潮社刊
『流転の海』第二部について「海燕」一九八六年十月号
火花と炎　「本」一九九四年五月号

書斎、大好き
自作の周辺

「中央公論」一九九二年四月号
『宮本輝全集　全十四巻』後記　一九九二年四月〜一九九三年五月　新潮社刊
但し「『泥の河』『螢川』『道頓堀川』」は、一九八六年一月刊行のちくま文庫『川三部作　泥の河　螢川　道頓堀川』の「文庫版あとがき」を、一部改稿この作品は平成十三年十二月新潮社より刊行された。

新潮文庫最新刊

佐野眞一著
だれが「本」を殺すのか（上・下）
活字離れ、少子化、制度疲労、電子化の波、「本」を取り巻く危機的状況を隈なく取材。炙り出される犯人像は意外にも……。

一橋文哉著
ドナービジネス
臓器移植のヤミ手術から、誘拐・人身売買で生体解剖される子供たちまで。先端医療の影で誕生した巨大ブラックマーケットを追う。

清水　潔著
桶川ストーカー殺人事件　遺言
「詩織は小松と警察に殺されたんです……」悲痛な叫びに答え、ひとりの週刊誌記者が真相を暴いた。事件ノンフィクションの金字塔。

畠山清行著
保阪正康編
陸軍中野学校　終戦秘史
敗戦とともに実行された「皇統護持工作」とは何か――彼らの戦いには、終戦という言葉さえなかった。工作員の姿を追った傑作実録。

「新潮45」編集部編
殺戮者は二度わらう
―放たれし業、跳梁跋扈の9事件―
殺意は静かに舞い降りる、全ての人に――。血族、恋人、隣人、あるいは〝あなた〟。現場でほくそ笑むその貌は、誰の面か。

最相葉月著
青いバラ
それは永遠の夢。幻の花を求めて、人間の欲望が科学の進歩と結び合う……不可能に挑戦する長い旅を追う、渾身のノンフィクション。

血《ち》の騒《さわ》ぎを聴《き》け

新潮文庫 み-12-14

平成十六年六月一日発行

著者 宮《みや》本《もと》輝《てる》

発行者 佐藤隆信

発行所 株式会社 新潮社

郵便番号 一六二―八七一一
東京都新宿区矢来町七一
電話 編集部(〇三)三二六六―五四四〇
読者係(〇三)三二六六―五一一一
http://www.shinchosha.co.jp

価格はカバーに表示してあります。

乱丁・落丁本は、ご面倒ですが小社読者係宛ご送付ください。送料小社負担にてお取替えいたします。

印刷・二光印刷株式会社 製本・株式会社植木製本所

© Teru Miyamoto 2001 Printed in Japan

ISBN4-10-130714-8 C0195